新潮文庫

夏の騎士

百田尚樹著

新潮社版

11468

夏の騎士

1

勇気——それは人生を切り拓《ひら》く剣だ。

ぼくが勇気を手にしたのは昭和の最後の夏だ。あれから三十一年の歳月が流れた。平成は過ぎ去り令和となり、十二歳の少年は四十三歳の中年男になった。

今もどうにか人生の荒波を渡っていけているのは、ほんのわずかに持ち合わせた勇気のおかげかもしれない。

小学校最後の夏を迎えようとしていた頃、ぼくは意気地なしで臆病《おくびょう》な子供だった。それを周囲に知られないように、いつも陽気にふるまい、時には向こう見ずな風を演じてもいた。しかし今思えば、同級生たちには本当はそうではないとばれていたかもしれない。というのも、口だけは達者だったが、ケンカになりそうになると、途端に意気地なしになったからだ。

それでもいじめられっ子にならなかったのは、二人の友人がいたからだ。もっとも、その二人はぼくのボディーガードになってくれるどころか、ぼく以上にケンカが弱かった。

木島陽介《きじまようすけ》は体は大きかったが、そのほとんどは脂肪で——つまりは肥満体だ——女の子にも口げんかで泣かされてしまうほど気が弱かった。勉強もまったくできず、漢字は小学校三年生くらいの力しかなかったし、分数の足し算や引き算もできなかった。もし小学校に落第制度があれば、六年生にはなれなかっただろう。

家は貧しく、母子家庭で生活保護を受けていた。隣に住んでいる陽介の祖母も、近所に住んでいる陽介の叔母も、生活保護を受けていた。当時は生活保護という制度が今ほど一般的ではなく、町の人の多くは働かないでお金をもらうのは恥ずかしいことだと考えていた。一度、うちの母が「木島君も大きくなったら、多分生活保護を受けるやろな」と言った。ぼくが理由を聞くと、母は「生活保護というのは連鎖するんや」と答えた。自分の友人が母にそんなふうにバカにされて決めつけられるのを聞くのは嫌だったが、社会も人生も知らないぼくには、何と言い返せばいいのかわからなかった。

陽介とは小学校に入った頃からの関係だが、高頭健太《たかとうけんた》は五年生のとき同じクラスになってからの友人だ。最初、健太は誰とも喋《しゃべ》らず、いつもクラスでポツンとひとりだった。それは彼が吃音《きつおん》症だったからだ。そのうちにクラスの口の悪い奴《やつ》が健太のどもりをからかい始めた。健太は言い返すこともできず、うつむいて耐えていたが、陽介がそれをかわいそうに思って声をかけたのが、友人となったきっかけだった。陽介にはそんな優しいところがある。低学年の子が泣いているところを見ても涙ぐんでしまう感受性を持っていた。ぼくが陽介を好きなのもそういうところだった。

健太は最初のうちはどもりを気にしてあまり喋らなかったが、打ち解けていくうちに、だんだんと喋るようになった。健太の家は木島家とは違い、裕福な家だった。父親は医者で、中学生の二人の兄は西宮市にある中高一貫の私立の進学校に通っていた。しかし末っ子の健太だけは父親の優秀な遺伝子を受け継がなかったようだ。三年生から兄二人が通っていた塾に行かされたが、全然効果がないということで、四年生の三学期からは行かなくなっていた。本人は「解放された」と喜んでいたが、親にも見放されたというのが実際のところだろう。もっとも本人もそれはわかっていたはずだ。そうしたところで、塾の効果は別のところに現れた。健太は塾に通いだしてから吃音症になったのだ。それは塾を辞めても治らなかった。彼はクラスだけでなく、家でもほとんど会話をしないということだった。

「健太は俺らしか喋る相手がおらへんのや。そやから、俺らはあいつの友達でおらんとあかん」

陽介は、ぼくと二人きりのときによくそう言った。健太の保護者みたいな気持ちでいたようだが、決して兄貴風を吹かすようなことはなかった。

「あいつは親の期待につぶされてしもたんや。いっつもできのいい兄貴たちと比べられて、きついんやと思う。あのままでは、ほんまの劣等生になってしまう」

陽介は自分のことは棚に上げて健太のことを心配していた。たしかに健太はぼくらと出会った五年生の頃から急速に学力を落としていた。それでも陽介よりはかなりましだった。

もちろん、かくいうぼく——遠藤宏志《えんどうひろし》も、二人と同じく勉強はまるで駄目だった。おまけに三人とも運動もできない。つまり、ぼくらは何の取《と》り柄《え》もない、クラスの落ちこぼれだったのだ。それでもいつも三人というのは心強かった。もしバラバラでいたなら、格好のいじめの対象になっていただろう。

ぼくが「騎士団」を結成しようと考えたのは、小学校の最後の夏休みに入る約一ヵ月半前だった。きっかけは学校の図書館で借りて読んだ子供用の『アーサー王の物語』だ。岩に突き刺さった名剣エクスカリバーを引き抜き、偉大な王になった伝説の英雄の話である。

この物語には感動した。もしぼくがもう少し自分に自信があったなら、アーサー王に憧《あこが》れただろう。しかし当時のぼくにはアーサー王は偉大過ぎて、空想の世界でも自分と同一視はできなかった。それよりもぼくが惹《ひ》かれたのは、アーサー王を助ける「円卓の騎士」たちだ。騎士団の一員になら、ぼくでもなれるかもしれないと思ったのだ。いや、実際には、「騎士団」というネーミングに格好良さを感じただけかもしれない。

早速、騎士について学校の図書館の百科事典で調べた。それによれば、騎士たちは正義と強さを兼ね備えた勇者ということだった。百科事典には多くのイラストも載っていた。鎧《よろい》と兜《かぶと》で身を包み、右手には剣、左手には盾を持った騎士たちの姿は、十二歳の子供の目には輝いて見えた。

「騎士団」が結成されたのは六月の日曜日だ。前日まで雨が降り続いていたが、その日は朝から晴れていた。ものすごく暑い日だったのを覚えている。

その日、ぼくらは松ヶ山《まつやま》の秘密基地にいた。

松ヶ山は町はずれにある小高い丘だ。小学校からは三キロ近く離れている。山という名前が付いてはいるが、高さはせいぜい三〇メートルほどの小さな丘だ。古墳の跡だと言う人もいたが、何かが出土したという話は聞いたことがない。

丘全体が雑木林《ぞうきばやし》に覆《おお》われていて、麓《ふもと》を通る未舗装の道以外に道はない。でも雑木林を分け入っていくと、丘の上にはぽっかりとテニスコートの半分くらいの広場のような空地があった。ぼくら三人は、五年生の夏休みにクワガタムシを捕りに行ったときにここを発見した。広場の中心には、子供が数人は入れそうな穴があった。深さは二メートルほどだ。ぼくらはその穴を秘密基地にすることに決め、その夏中かかって改造した。

秘密基地らしく、簡単に見つからないように、穴の上には板をかぶせた。板は粗大ごみ置き場から持ってきた洋服ダンスをばらしたものだ。天井部分の一番端にタンスの扉を使い、そこを入口とした。扉は蝶番《ちょうつがい》で開け閉めできるようにした。

天井の板の上には土を置いて擬装したが、扉部分はそうはいかない。でも陽介がいいアイディアを思い付いた。発泡スチロールを細かくちぎって扉一面に貼《は》り付け、その上に茶色の塗料をぶっかけるというものだ。それで一見すると、土に見えた。陽介は勉強はからきしできないが、そういう発想はすぐれている。

ぼくらはこれらの作業に三日をかけた。出来上がりは見事なもので、相当近くから見てもただの地面に見えた。もちろんその上を踏めば土ではないことはわかるが、扉を閉めている限り、ここが秘密基地だと発見される恐れはまずない。扉の取っ手には茶色に塗った紐《ひも》を付けた。入口の扉から穴へ降りるはしごもぼくらの自作だ。扉を閉めると中は真っ暗になるので、照明には健太が家の仏壇からくすねてきた蠟燭《ろうそく》を使った。ただ、数に限りがあるので、一回に使うのは二本までという決まりを作った。扉を閉めたときにも空気が入るように、天井部分の端に竹でシュノーケルのようなものを付けた。

その後、ぼくらは折を見ては秘密基地を整備していった。じめじめしていた床にも板を敷き、その上に絨毯《じゅうたん》を敷き、ソファーや収納ケースも揃《そろ》えた。これらもすべて粗大ごみ置き場から取ってきたものだ。いずれは基地の拡張も考えていたが、それは難事業なので、後回しにされていた。

収納ケースの中にはいろんなものがあった。いざというときのための懐中電灯、夏のやぶ蚊対策のための殺虫剤と蚊取り線香、トランプ、非常食の乾パン（これは缶に入れたうえで、乾燥剤をたっぷり入れた密閉ビニール袋に入れていた）などだ。

松ヶ山はそれから十年後に大規模な宅地開発がなされ、今は丘全体が住宅街になっている。地名も変わり、桜ヶ丘という洒落《しゃれ》た名前の町になった——当時は桜の木なんか一本もなかった。もちろん秘密基地があった形跡などどこにもない。

宅地造成業者が秘密基地の跡に気付いたかどうかはわからない。そのころには基地の天井も扉もなくなっていたし、中にあるソファーやテーブルを見て、ゴミ捨て場と勘違いされたかもしれない。あるいは、ホームレスの住居跡とみなされたかもしれない。ただ、作業員の中に、何かを思い出した者がいた可能性はある。というのは、騎士団が結成された年の夏の終わり、基地周辺はニュース映像で何度も取り上げられたからだ。

今でも惜しいなと思うのは、秘密基地の写真を撮っておかなかったことだ。息子たちに見せてやれば、父は大いに尊敬を集めたに違いない。

秘密基地の存在は他の誰にも明かさなかった。三人だけの秘密だ。松ヶ山に行くときは、いつも三人一緒で、麓の道から雑木林の中に入るときには、誰にも見られないよう細心の注意を払った。松ヶ山まではたいてい自転車で行ったが、自転車は誰にも見つからないように藪《やぶ》の中に隠した。

もっとも秘密基地で何をやるというわけでもなかった。パンを食べたり、バカ話に花を咲かせたり、トランプの大貧民をやったりするだけだ。でも、ぼくらにとって、そこはどこよりも神聖な場所だった。

話を騎士団結成の日に戻そう。

ぼくらは基地内の小さな丸テーブル（これも粗大ごみ置き場から持ってきたものだ）を囲んで座っていた。入口の扉を開けていたから、蠟燭をつけなくても互いの顔がよく見えた。

いつもは野球の話で盛り上がるのに、阪神《はんしん》タイガースが早々にペナントレースから脱落して大洋ホエールズと最下位争いをしていたこともあって、話題にすら出なかった。おまけに頼みのバースはアメリカに一時帰国したまま一向に帰ってこなかった——結局、そのまま退団となった。

ぼくは陽介と健太を前にしておごそかに言った。

「三人で騎士団を作ろう」

二人はいったい何のことだという顔をした。

「昔のヨーロッパには騎士というのがおったんや」

「知ってる。映画で見たことある」

ぼくは陽介の言葉を無視して続けた。

「騎士はまず強ないとあかん。ほんで、何よりも名誉と勇気を重んじるんや。正直で、礼儀正しいふるまいをせなあかん。どんなときでも仲間を大事にする。そういう騎士団を作るんや」

二人は目を輝かせた。

「そ、そやけど、な、なんで俺たちで騎士団を作るんや？」

健太の質問は予想していなかった。

騎士団を作りたかった本当の理由は、そうすれば勇敢な男になれるかもしれないと思ったからだが、二人の前で、それを口にするのは、自分が臆病な男だと認めるような気がして言えなかった。

ぼくはずっと自分の臆病さをなくしたかった。ぼくの臆病は父譲りだった。そんな遺伝があるのかどうかは知らなかったが、少なくともぼくはそう信じていた。

父は学生時代の同級生が経営している中古車販売の会社で働いていた。前に働いていた会社が倒産して、お情けで雇ってもらったのだ。給料は安かった。家の中では母やぼくに偉そうにふるまったが、それは会社でのうっぷん晴らしの面があった。幼稚園に通っていたとき、父が働いているところを見たことがある。夏、駐車場で車を洗っていたのだが、二十歳を少し超えたくらいの若い店長に「おっさん、手を抜かんと洗っとけよ」と怒鳴られて、へらへらと愛想笑いを浮かべていた。その日以来、父が働く店の前は決して通らなくなった。

でも、もっと辛《つら》い記憶がある。あれは小学校二年生のときだ。家族で行った神社での祭りの夜、町内会の人が、壇の上から団扇《うちわ》に風船をつけてばらまいていたときのことだ。たくさんの団扇が集まった人々の頭上でふわふわと漂いながら落ちてきた。それは夜空から落下する妖精《ようせい》のようだった。

ぼくは団扇を取ろうと懸命に手を伸ばしたが、背の低い子供では団扇を取るのは無理だった。父はそんなぼくのために何とか団扇を取ろうと頑張ってくれた。たまたまぼくの頭上に団扇が落ちてきて、父はそれを摑《つか》んだ。その瞬間、ぼくは歓声を上げた。ところが、父よりもわずかに遅れて、背の高い中学生が同じ団扇を摑むと、そのまま父から団扇を奪い取った。父は中学生から団扇を奪い返した。ぼくの目には父はスーパーマンのように見えた。しかしその喜びは次の瞬間に悪夢に変わった。その後のことはこうして書くのも気が重い。

父と中学生は団扇の取り合いで揉《も》み合いになり、それは殴り合いに発展した。父は中学生にさんざんに殴られ、地面に叩《たた》きつけられた。鼻血で顔も服も真っ赤になって地面に這《は》いつくばる父の姿は、その後、何年も夢の中に現れた。今でも、鼻血を見ると、そのときの嫌な記憶が蘇《よみがえ》る。

父は泣きながら、中学生の背中に向かって、履いていた草履《ぞうり》を投げつけた。中学生は怒って、父を何度も蹴《け》った。仲間の中学生が止めに入らなかったら、父は大怪我《おおけが》を負っていただろう。ぼくは泣くことも忘れてガタガタと震えていた。震えは家に帰ってもおさまらなかった——。

その日以来、ぼくは同級生と本気でケンカができなくなった。口ゲンカの間はいいのだが、それが殴り合いに発展しそうな空気になると、恐怖で体がすくんだ。自分でも情けなかったが、父からその性質を受け継いだのだから仕方がないと思った。

ぼくが騎士団結成の理由をこじつける前に、陽介が「面白いやないか」と言った。

「強くて、名誉と勇気を重んじる——ええなあ、騎士団」

「お、俺たち、騎士団を作ったら、そ、そんな風になれるかな」

健太がどもりながら期待に満ちた顔で言った。

「なれるよ」とぼくは言った。「それを目指せば、きっとそうなるんや。ひとりやったら無理かもしれんけど、三人おったら頑張れる」

それはぼくの願望でもあったが、二人はふんふんとうなずいた。

「今までもぼくらは仲良かったけど、騎士団を作ったら、もっと団結力が高まる」

ぼくは前に読んだ毛利《もうり》元就《もとなり》の話をした。細い矢は一本ずつなら簡単に折れるが、三本合わせると折ることができないという話だ。二人は感心したように聞いていた。

陽介が「やろう」と言うと、健太もうなずいた。

「よし、今からぼくらは騎士団や」

二人は「賛成」と言った。こうして騎士団が結成された。

「騎士団の名前は何にするんや？」

「円卓の騎士や」

「円卓て何や？」

ぼくは丸テーブルを叩いた。

「これが円卓や。丸いテーブルは上座とか下座がなくて、すべての騎士に上下の区別がないんや」

「おお、ほんまや。何かわからへんけど、かっこええぞ」

そんなわけで、騎士団の名前は「円卓の騎士」にあっさりと決定した。

「ところでや」

とぼくは一呼吸おいて言った。これから最も重要なことを二人に言わなければならない。

「騎士にはもうひとつ大事なことがあるんや」

「なんや？」

「レディに愛と忠誠を捧《ささ》げることや」

「レディって何や？」

「貴婦人のことや。高貴で美しい女性や。まあ、ぶっちゃけて言えば、お姫様やな」

二人は笑った。

「笑うなよ。これは真面目《まじめ》な話や」

「そやけど、お姫さまって、おとぎ話かファンタジーの世界みたいやないか」陽介が言った。「ドラクエみたいやで」

五年生の終わりに発売された「ドラゴンクエストⅢ」は、ぼくらの大好きなゲームだった。いや、ぼくらだけではない、クラスのほとんどの男子がやっていた。

「今はドラクエは忘れよう。実際に、中世の騎士は姫に愛と忠誠を誓ったんや。これは本当の話や。おとぎ話やないんや」

ぼくの真剣な言い方に、二人は笑うのをやめた。

「愛と忠誠か、なるほど」陽介は呟《つぶや》くように言った。

「でも、その愛は普通の愛やない。宮廷的愛とゆうて、肉体的な愛やなくて、精神的な愛なんや」

「肉体的な愛ってなんやねん。精神的な愛というのも、意味不明やで」

「そのあたりはぼくもようわからへんけど――多分、付き合いたいというもんやないんやないかと思う。そやけど、それは付き合ったりするよりもずっと素晴らしい愛なんや」

二人はちょっとがっかりしたような表情をした。

「騎士はときに主君の奥さんに愛を捧げたりするんや」

健太は驚いた声を上げた。

「そ、それって、う、浮気やないんか」

「違うんや。なんでかと言うと、さっき言うたように、付き合《お》うたりはせえへんからや。これはミンネと言うて、普通の愛よりもっとすごいんや」

「ミンネってなんやねん」

「騎士の愛やな。これは何か見返りを求めるものやないんや。すごく尊いもので、ドイツでは騎士の『宮廷的恋愛』をうたった歌をミンネザングというて、それを歌う吟遊詩人はミンネゼンガーと呼ばれてたんやで」

これは百科事典そのままの受け売りだったが、二人は感心して聞《き》いていた。

「まあ、ええわ。ほんで、その貴婦人というのは誰なんや」陽介が訊いた。

「有村由布子《ありむらゆうこ》や」

ぼくがその名を出したとき、陽介と健太の顔がぱっと明るくなった。

実はぼくが騎士団を作ろうと思いついたもう一つの理由は、「騎士はレディに愛と忠誠を捧げる」という一文を見たからだ。実際のところ、宮廷的愛というのはぼくにもよく理解できないものだったが、何かとてつもなく尊いものらしいということは感じた。このとき脳裡《のうり》に真っ先に浮かんだのは、有村由布子だった。

有村由布子は同じクラスの女子で、学校一の美少女だった。背はぼくよりも頭ひとつ分は高く、長い髪の毛は背中の真ん中近くまであった。とても大人びた魅力があり、近寄りがたい雰囲気を醸《かも》し出していた。実際、有村由布子はぼくらよりも一歳上だった。彼女は帰国子女で、アメリカで病気をしてしばらく学校へ通っていない期間があったのと、学期の始まる関係か何かで、一年前、アメリカから転校してきたとき、本来は六年生なのに五年生からスタートしたのだ。それにおそらく両親が東京出身なのだろう、きれいな標準語を喋った。

帰国子女というだけでも、地方都市の小学生にとっては未知の魅力があったが、美人で背が高く（ぼくより一〇センチも高かった）、おまけに勉強もできたから、たちまち学校中の評判になった。その上、英語がペラペラだった。これは一度、駅で外人と会話していたのを見ていた者がいたから間違いない。それだけでも十分すぎるほどの美点だったが、彼女はピアノも上手だった。ぼくらの学校の文化祭である天羽《あもう》祭で、去年、ピアノを弾いたのだが、それはもう実に優雅で、まるで映画の一シーンのようだった。音楽の沼田《ぬまた》先生が「わたしよりも上手《うま》い」と言ったという話だった。

当然、クラスの男子の憧れの的だったが、有村由布子はクラスの幼い男子など眼中にない感じだった。ぼくらのクラスでは、男子は女子を呼び捨て、女子は男子を君付けで呼ぶことが多かったが、有村由布子だけは男子からも女子からも「さん付け」で呼ばれていた。つまりそれくらい独特のオーラがあったのだ。

五月に教育実習でやってきた大学生も、有村由布子に対する態度だけはほかの生徒とは違って見えた。なんというか、まるで自分と同じくらいの女性と接するような感じだった。ちなみにその大学生は背が高く結構イケメンで、女子たちの人気をさらっていた。「光GENJI」の諸星和己《もろほしかずみ》に似ていたことから、女子は「かーくん」というあだ名をつけ、二週間の教育実習中は休み時間になると必ずかーくんが座る教卓の周囲に集まってきゃあきゃあ言っていたが、有村由布子はその輪には入らなかった。

ぼくら男子たちの目には、それがとても格好よく映った。

もちろん、ぼくも密《ひそ》かに有村由布子に憧れていたが、あまりにも高嶺《たかね》の花すぎて、振り向いてもらえるなどとは夢にも思わなかった。でも忠誠を誓うことならできる。「宮廷的愛」を捧げることは可能だ。彼女の前で跪《ひざまず》いて、その手にキスする自分の姿を想像してうっとりとなった。

陽介と健太の前でそれを思い出して、少し顔がほてった。

「有村さんかあ——」陽介は言った。「たしかに奇麗やし、お姫さまって感じやな。有村さんやったら賛成や」

「そ、そやけど、お姫様というよりも、じょ、女王様って感じやけどな」

たしかにそうかもしれないと思った。それならなおのこと騎士が愛を捧げる相手としてふさわしい。

「レディは有村さんでええか」

陽介と健太はうなずいたが、同時に二人の顔が少し赤くなった。ぼくは見てはいけないものを見てしまった気持ちになって、視線を頭上の入口に向けた。開けた扉から見える小さな青い空に、一条《ひとすじ》の白い線が引かれるのが見えた。あっと思った。それは飛行機雲だった。飛行機雲なんて何度も見ていたが、あれほどくっきりとしたのを見たのは初めてだ。今も、飛行機雲を見ると、あの騎士団結成の日を思い出す。

ところで、有村由布子を騎士団のレディにするとして、それを彼女に告げるかどうかが、騎士団の会議の最初のテーマになった。

人知れず忠誠を誓うのが騎士の姿だと、ぼくはぼんやりと考えていたが、二人の意見は、それでは意味がないというものだった。一時間以上議論した末に、本人に告げることになった。このとき、今後、騎士団としての行動は話し合いで決め、意見が分かれたときは多数決で決定するということも決まった。

大人になってから何度も考えたことがある。それは、あのとき、二人が騎士団結成を「くだらない」と思って興味を示さなかったなら、ぼくの人生は全然違ったものになっていたかもしれない、ということだ。いや、もしかしたら、ぼくは勇気を得ることさえできなかったかもしれない。

今、ぼくの書斎の机の引き出しの中には、騎士団のバッジが眠っている。盾がデザインされた二センチほどの小さなもので、陽介がハンダを溶かして作った。当時は裏に安全ピンをハンダで付けていたが、今は取れてバッジ本体しか残っていない。あの夏、ぼくらはそれをシャツに付けていた。

翌日の月曜日、ぼくらは再び松ヶ山の秘密基地で、騎士団の憲章を作った。

これはぼくがあらかじめ調べていた、実際にあった騎士団の憲章を、簡単にしたものだ。

一、騎士は強くあること

二、騎士は正しい行いをすること

三、騎士はどんなときも仲間を助けること

四、常に勇敢であること

五、騎士はレディを愛し、レディを守ること

最後のレディに関しては、有村由布子の名を入れるかどうかで議論があった。ぼくは彼女の名前を入れるべきと主張したが、陽介は反対した。その理由は、レディが変わる場合があるからというものだった。ぼくは愛するレディを簡単に変えることは騎士にふさわしくないと言ったが、陽介は、もし有村由布子が死んだらどうするのだと反論した。

健太は二人の論争を黙って聞いていたが、ぼくと陽介から「お前の意見はどうなんだ?」と聞かれて、仕方なくといった感じで口を開いた。

「も、もしもやで。あ、有村さんがこの中の誰かを好きになったとしたら、どうなるんや?」

「そんなことはないやろ」

ぼくがそう答えると、陽介は「いや、人生は何が起こるかわからへんで」と言った。そう言われると、ぼくも考え込んでしまった。たしかに人生は何が起こるかわからない。有村由布子がぼくを愛することもあるかもしれない。はたしてそのときに、ぼくは「それは騎士の愛やない」と言って、有村由布子を拒否できるだろうか。情けないことだが、自信はなかった。もしかしたら陽介と健太も、同じ想像をしていたのかもしれない。

「わかった。将来、有村さんに代わるレディが現れる可能性もあるから、有村由布子の名前は外そう」

それで、憲章には、ただ「レディ」とだけ書いた。

2

ぼくらの住んでいた天羽市《あもう》は北摂《ほくせつ》の小さな町だ。北摂というのは、そもそもは大阪の北部一帯を指す言葉だが、天羽市を含む兵庫県南東部あたりも指す。交通の便も神戸よりも大阪の方が近かった。

世の中はバブルで浮かれていたが、天羽市もその影響を受けていた。梅田から電車を乗り継いで一時間はかかる天羽市にも、新しい住宅がぽつぽつ建ち始めていた。都会ほどの急激な土地の高騰《こうとう》はなかったが、それでも土地はかなり値上がりしていたようだ。

当時六万人だった人口も、平成の終わりには十万人を超えたという。方々に新興住宅ができ、マンションも建った。郊外に大型ショッピングセンターができ、駅前の商店街はシャッター通りになった。もっともぼくは二十年前に町を出て以来、一度も帰っていないので、町がどんなふうに変わったのかは見ていない。

当時、町の中心地には映画館もあったし、洒落たレストランもあった。駅前の商店街はいつも賑《にぎ》わっていて、小さな喫茶店もたくさんあった。でも、駅を少し離れると、のどかな田園風景が広がり、住宅街のすぐ近くに山もあった。まあ、何の変哲もない地方都市だが、小学校時代のぼくは天羽市以外の町を知らなかったから、他の町と比較することができない。ただ、この町が全国的に注目されたことがあった。

一年前、ぼくが五年生のとき、小学生の女の子が殺されたからだ。その子の学年は同じ五年生だったが、ぼくらの通う小学校とは違う校区にある学校で、会ったこともない女の子だった。だが、彼女を知っているという子がクラスに何人かいた。というのも、天羽市では一年に一度、小学校対抗運動会というのがあって、そのときに彼女を見たというのだ。

彼女はリレーの選手だった。五年生なのに学校の代表選手に選ばれるというのは相当なものだ。彼女を見た全員が、とても速かったと言っていた。中にはポニーテールがまさに走る馬の尾っぽのようだったと言う者もいた。テレビのニュースで何度も顔写真を見たが、黒目の大きな美少女だった。でも実物はもっと奇麗だったとクラスの多くの男子生徒が証言した。陽介もその一人だ。陽介に言わせると、「掃《は》きだめに鶴《つる》」みたいに、ひとり光っていたということだ。

彼女の名前は藤沢薫《ふじさわかおる》。あれから三十年以上経《た》った今も、名前も顔も覚えている。

時々昔を思い出して、彼女のことを考えることがある。もし、あのときに殺人事件に巻き込まれなかったなら、風のように走った女の子は、どんな大人になっていただろう。ぼくと同じ四十三歳。年頃で結婚していたなら、当時の自分たちと同じくらいの子供がいたかもしれない。彼女の両親のことを考えることもある。二人ともニュースに何度も映った。どこにでもいる普通のおじさんとおばさんだった。でも、二人は滅多に起こらない事件に巻き込まれた。生きているなら七十歳前後だろうか。人生の晩年を迎えている頃だが、おそらく三十年以上、娘のことをひとときも忘れたことはないだろう。

しかし当時のぼくはそんなことには微塵《みじん》も心が及ばなかった。ミステリアスな事件に興奮し、藤沢薫をドラマのヒロインのように見ていた。ただし事件はドラマではない、現実だ。一時期、天羽市の小学校では集団登下校が実施されたが、登下校時間を合わせるのは難しく、結局、半年後に取りやめになった。

事件は一年経っても解決しなかった。犯人は地元の人間だというのがもっぱらの噂《うわさ》だった。犯行現場と遺体を埋めた場所から、かなりの土地勘がある人間と思われると報道されていたからだ。つまり犯人は天羽市に住んでいる可能性が高いということだ。そのことが町の人たちを余計に不安がらせた。もしかしたら犯人は、自分がふつうに顔を合わせて話をした人物かもしれない。いや、仲の良い友人や知り合いかもしれないのだ。世間はリクルート事件で大騒ぎだったが、天羽市民にとってはこっちの方がずっと大事件だった。

こんな話をなぜ延々と語っているかと言うと、ぼくらが騎士団を結成したとき、この事件の犯人を見つけるということを目的のひとつに置いていたからだ。今から思えば、どこまで本気で考えていたのかはわからないが、当時のぼくらは真剣だった。小さな町だ。怪しい人間を調べていけば、いつか真犯人にぶつかるだろうと考えていた。あとはそれを警察に連絡すれば、事件は解決する。

それに事件の解決は、有村由布子を守ることにもなる。犯人は女の子を狙《ねら》った変態と言われていた。だとすれば、美少女の有村由布子が狙われる可能性もあるのだ。そのためにも騎士団としては犯人を見つけなくてはならない。

ぼくは夢想した。騎士団が町を大騒ぎさせた殺人犯を見つけ出す——テレビでは大々的に取り上げられ、市長にも表彰される。

ぼくがその話をすると、陽介と健太も興奮した。

「そうなったら、俺らは有名人になるなあ」と陽介は言った。

「す、す、すごい」

「有名人どころの話やない」とぼくは言った。「天羽市の英雄になれる。ぼくらと騎士団の名前は五十年残るで」

「記念に公園のどこかに三人の銅像が立つかもしれへんな」

「お、俺は駅前の広場が、ええな」

健太が嬉《うれ》しそうな顔で言った。

「そうなるためには、まずは犯人を見つけんとあかん」

「そやけど、警察でも見つけられへんものを、俺らが見つけられるんか」

「警察の捜査には限界があるんや。ぼくら子供は警察が持ってへんものを持ってる」

「それは何や？」

「子供の目や」ぼくは自分の目を指さした。「よく言うやんか。子供には大人にはできないものの見方ができるって。それがなんかようわからんけど、きっとぼくらにもその目があるんや」

健太が感心したようにうなずいた。

「お、俺も聞いたことがある。大人は常識にとらわれていて、み、見えるものも見えないときがあるって」

「それや」

「ほんでヒロは容疑者を見つけてんのか？」

陽介が聞いた。ヒロというのはぼくの呼び名だ。

「何人か怪しい奴は見つけてる」

二人は身を乗り出した。ぼくはいったん話を中断すると、はしごを使って基地から顔を出し、周囲に誰もいないことを確認してから、扉を閉めた。

「念のためやもんな」

陽介が言いながら蠟燭をつけた。暗がりに二人の顔が照らされた。

ぼくは声を潜めて言った。

「まずは柳《やなぎ》書店のおっさんや」

柳書店は商店街の中にある古本屋だ。でも置いてある本の大半がエロ本だった。子供が入れない雰囲気があって、ぼくらも店の前を歩くときに外から覗《のぞ》くだけだ。クラスの男子が一度勇気を出して中に入って本を見たらしい。そいつが言うには、ただのエロ本じゃなかったという話だ。女の人を裸にしてロープで縛ったり、鞭《むち》で打ったりしている写真が載った本が山のようにあったという。もっと驚いたのは、小学生くらいの女の子がモデルの写真もあったということだ。

「そんな本ばかり集めてるっておかしないか」

ぼくの言葉に二人もうなずいた。

「柳書店のおっさん、店のシャッター閉めるときに店の前に出てるとこ見たけど、歩いてる女の人をいやらしい目で見てたわ」

「あ、怪しいな」

「じゃあ、そいつを調べよう」陽介が言った。

「慌《あわ》てるな。ほかにも怪しいのがいるんや」

「誰や？」

「北摂新聞の配達員や。うちに新聞を配っているおじさんや」

「怪しい理由は何や？」

「この一年で近所の犬が二匹死んだんやけど、二匹とも急に死んでたんや。傷もない。怪しくないか」

「毒殺やな」

「二匹ともよう吠《ほ》える犬やった。もし配達員が何回も吠えられてて、頭にきたとしたら？」

「犬殺しの動機はわかるけど、藤沢薫殺しとは関係ないんとちゃうか」

「その配達員は事件当時、藤沢薫が住んでいた丸川町《まるかわちょう》にいたんや。ほんで事件の後、この町に越してきたんや。本人がうちのおかんにそう言うてた」

「怪しいな」

「そやろ。新聞配達をしてたら、土地勘はたっぷりあるし、藤沢薫の家のことも知ってた可能性がある」

「ホンボシやな」

陽介が腕を組んで言った。「き、決まりやな」と健太。

「いや、まだ早い。実はぼくが容疑者リストのトップに挙げてるのは別の人物なんや」

「まだおんのか」

「そやけど、この人物は意外性がある」

「サスペンス劇場でも、真犯人はたいてい意外性のある人物や」

陽介の言葉に健太もうなずいた。

「ぼくが一番怪しいと睨《にら》んでいるのは——妖怪ババアや」

二人は同時に「えっ！」と声を上げた。

妖怪ババアはもちろんあだ名だ。本名は知らない。小学校の裏手の高台に古い屋敷があり、そこにひとりで暮らしている。年齢は知らないが、ぼくらは百歳を超えていると噂していた。もっともその姿を見た者は滅多にいない。

天羽小学校の生徒は全員、妖怪ババアを恐れていた。というのは、生徒たちが校庭で騒ぐと、高台の庭から大声で「うるさい！」と怒鳴るのだ。その声を聴いた生徒は何人もいる。そして生徒たちの声に対抗するように、何やら太鼓のようなものを叩く。さらに機嫌の悪いときには、いきなり土を投げつけてくるのだ。ぼくも一度、「妖怪ババア、妖怪ババア」と囃《はや》していたときに、まともに頭から土をかぶったことがある。

子供たちのバレーボールやバドミントンのシャトルが妖怪ババアの庭に間違って入ってしまったときは、諦《あきら》めなくてはならない。返してもらったことはなく、たいてい翌日か翌々日に、空気を抜かれてぺしゃんこになったバレーボールや、羽根をぐしゃぐしゃにされたシャトルが校庭に転がっていた。

「たしかに妖怪ババアは何をするかわからへんけど、女の子を殺すかなあ」

陽介は首をひねりながら言った。

「そこが盲点なんや。誰も妖怪ババアがやるとは思てへん。そやから警察の捜査からも漏れてるんや」

「妖怪ババアがやったとして、動機は何や？　殺人には動機が必要やで」

陽介はなおも喰い下がった。

「動機のない殺人もある。単に面白がって殺したのかもしれへん。または興味本位の殺人や」

「百歳の婆《ばあ》さんが？」

「百歳の婆さんだからや。自分がもう老い先短くて、しわしわのくそババアなのに、若くてぴちぴちの少女が憎くてたまらなくなったとしたら、どや」

「なんとなくわかるような気もするけど、丸川町までどうやっていく？　ほんで小学五年生の女子を捕まえることができるんかな。藤沢薫は足が速かったんやで」

「たぶん、共犯者がおるんやと思う。妖怪ババアの屋敷に、得体のしれない男が出入りしたのを見たことがあるんや」

「どんな男？」

「うちのおとんよりだいぶ上に見えたから、五十歳くらいちゃうかな。頭は丸坊主《まるぼうず》で、派手な赤シャツを着とった」

「めちゃくちゃ怪しいやん」

「やろ？」

陽介と健太はうなずいた。

「ぼくらではなかなか証拠は摑めへん。そやけど、じっくり見張ってたら、いつか向こうがボロを出すんやないかと思う。慌てることはない」

「そうやな。これはじっくり時間をかけるべきやな」

「そやから今は藤沢薫殺しの犯人のことはおいといて、有村さんに、あなたが騎士団のレディであると告げることや」

「いっぺんに話が戻るなあ」陽介がおかしそうに笑った。「で、それ、誰が言うんや？」

「じゃんけんで決めよ」

「お、俺は、嫌やで」

健太が後ずさりしながら胸の前で両手を振った。「そ、それだけは、か、堪忍《かんにん》や」

「俺かて嫌や!」陽介は言った。「これは言い出しっぺのヒロの役目やで」

「わかった。ほんなら、これはぼくが言うわ」

嬉しそうな顔をする二人を見て、やれやれと思った。二人はぼくが思っていた以上に頼りない。

3

翌日の火曜日、一時間目の終わった休み時間に、ぼくらは三人揃《そろ》って有村由布子の席の前に行った。

有村さんの席は前から三列目の中央にあった。椅子《いす》に座っている有村さんの周囲には、いつものように何人かの取り巻きの女子と男子がいた。まさに教室の中の女王という感じだ。取り巻きの中には、クラス一の優等生の大橋一也《おおはしかずや》の顔もあった。こいつは勉強ができることを鼻にかけた嫌な奴《やつ》だ。有村さんのことが好きらしく、いつも彼女のそばにいる。

白いブラウスを着て椅子に座っていた有村さんはぼくらに気付いた。ぼくは小さく深呼吸した。

「有村さん、話があります」

「何なの？」

有村さんはにっこりと笑った。その途端、ぼくの全身は緊張でかちんこちんになった。頭が真っ白になり、あれだけ考えていたセリフも、いっぺんに吹き飛んでしまった。

「どうしたの？」

有村さんは重ねて訊いた。その周りにいた子たちもぼくを凝視《ぎょうし》したので、緊張はさらに増した。

「あ、あ、有村さん――」

「どうした？　高頭のどもりがうつったのか」

大橋一也の言葉に何人かが笑い、クラスの他の生徒たちもぼくらに注目した。ぼくは完全にパニックになった。

「ぼくらは騎士団です！」

動揺していたのか、自分でもびっくりするくらいの大声になってしまった。それでクラス中の注目がぼくらに集まった。有村さんの周囲の子たちは、何のことかわからなかったらしく、ポカンとした顔をした。ぼくはますます焦《あせ》ってしまった。

「円卓の騎士は、正義と勇気を持った騎士の集まりです」

棒読みみたいなセリフに、有村さんの周囲にいた子たちは爆笑した。

もうだめだと思った。騎士どころか、完全に道化だ。こんな状況で有村さんに向かって「愛と忠誠を誓う」なんて言おうものなら、百年は笑いものにされる。ここは無様でも引き返すしかない。

ぼくは陽介と健太に、「帰ろう」と言って、その場を離れかけたが、二人は動かなかった。それどころか、いきなり健太が口を開いた。

「き、き、騎士団のリーダーは遠藤や。そ、それで、俺たち騎士は、レディに愛と忠誠を誓うことを、あ、有村さんに言いに来たんや」

クラスはもう爆笑の渦《うず》だった。机を叩いて笑っている男子もいた。ぼくはもう穴があったら、頭からダイビングしたい気持ちだった。その穴は地球の裏側まで続いてほしい——。

「な、なんで、笑うんや！」健太は言った。「お、俺たちは、し、真剣なんや」

健太の顔は真っ赤だった。ぼくは健太がぼくらの前以外でこんなに喋《しゃべ》っているのを初めて見た。

「そうや。人の真面目な話を笑うな！」

陽介が大きな声で言った。ぼくはさっきまでその場を一刻も早く離れたいと思っていたのも忘れ、二人をぽかんと見つめていた。

陽介と健太が偉大な男に見えた。とくにすごいのは健太だ。ぼくは穴があったら飛び込みたいと考えていた自分がこの上なく小さな男に思えた。二人がここまで言ったなら、ぼくも腹《はら》を括《くく》るしかない。というか、二人だけを戦わせるわけにはいかない。

ぼくは一歩前に出て、周囲の者に言った。

「たしかに、ぼくらはクラスの落ちこぼれや。勉強も運動もでけへん。そやけど、いつかはちゃんとした男になりたいと思てる。そやから、騎士団を結成したんや。それを笑いたかったら、笑《わろ》たらええ」

クラスの何人かはまだ笑っていたが、もう気にならなかった。

ひとり有村さんだけは、まったく笑っていなかった。

「有村さんに愛と忠誠を誓うというのは、どういうことなんだ？」

大橋一也が訊いた。こいつは天羽市生まれのくせに有村さんの真似《まね》をして標準語を使う、鼻持ちならない奴だ。

「騎士の生き方の一つや。多分——立派な男になるための道なんやと思う」

ぼくの隣で陽介が「そうなのか?」と小さな声で訊いた。ぼくはそれを無視して言った。

「有村さんには何の迷惑もかけへん。ぼくらにとって有村さんが崇拝するレディで、有村さんを守りたいという気持ちを持っていることを伝えたいだけや」

男子たちはまだ笑っていたが、突然、有村さんが立ち上がって、ぼくの前に右手を差し出した。

「ありがとう。嬉しいわ」

そして、微笑《ほほえ》みながら目を閉じゆっくりうなずいた。それは有村さんがときたま見せる最高の表情だ――ぼくらはそれを密かに「天使の笑み」と呼んでいた。ぼくは予期せぬことにどうしていいかわからなかった。健太が肘《ひじ》でぼくの脇腹《わきばら》をついた。

ぼくは右手を伸ばして有村さんと握手した。本当は鎧《よろい》をまとった騎士のように、跪いてその手の甲にキスをしたかったが、さすがにそれをする度胸はなかった。彼女はぼくよりも大きな手で、柔らかく包むようにぼくの手を握った。ぼくは生まれて初めて有村さんの手に触れた緊張で、指に力が入らなかった。

そのとき、始業のベルが鳴って、皆、それぞれの席に戻った。席に着いても、右手はまだ自分の手ではないようだった。何度も自分の掌《てのひら》を見た。喜びが遅れてやってきた。ぼくは有村由布子の手を握ったのだ——。

あれから三十一年の月日が流れたが、あのときの握手の感触は今でも思い出せる。ぼくの指には今も、有村由布子の指の柔らかさの記憶が残っている。

放課後、陽介と健太はぼくの堂々とした「宣言」を褒めた。

「ヒロの宣言、格好よかったで」

「あ、有村さんも、か、感動していたもんな」

それは違うと言いたかった。

ぼくなんかよりもずっと格好よかったのは陽介と健太だ。あのとき、クラス中の生徒に笑われて怯《ひる》んでしまったぼくに代わって、二人は臆《おく》せず立ち向かった。ぼくには二人が男に見えた。あの瞬間、陽介と健太は騎士になったのかもしれない。

ぼくはその後に有村さんの前で忠誠の宣言をしたかもしれないが、あれは陽介と健太が道を切り拓《ひら》いたからだ。最初に茨《いばら》に剣を入れたのは二人だ。ぼくは二人の騎士に付いていた従者のようなものだ。でもそのことは陽介と健太には恥ずかしくて言えなかった。いつかぼくも騎士になってから、打ち明けようと思った。

その日以来、ぼくらはクラスで「騎士団」と呼ばれるようになった。ぼく個人は

「リーダー」と言われるときもあった。もちろん尊敬の念を込めたものではなく、からかいの呼び名だ。以前なら耐えられなかったかもしれないが、いったん大恥をかいてしまうと、開き直りというのか、何と呼ばれようと全然気にならなかった。

一番きついからかいの言葉を投げつけてきたのは、同じクラスの壬生紀子《みぶのりこ》だった。騎士団結成宣言をした二日後、下校中に、壬生紀子から「おい、騎士団」と呼びかけられた。ぼくは嫌な奴に捕まったと思った。

「三バカトリオが、また間抜けなものを作ったんやてな」

壬生は前日まで、風邪か何かで学校を休んでいたのだ。あるいはずる休みだったのかもしれない。彼女はよく学校を休んでいたからだ。クラス一の嫌われ者の女子で、言葉遣いは乱暴だった。あだ名のひとつは「おとこおんな」だ。髪の毛は坊主みたいに短く、おまけに口の周りにはうっすらとヒゲが生《は》えていた。服はつぎはぎだらけの安物のシャツで、いつもよれよれのジーパンを穿いていた。クラスの女子で毎日いつもズボンを穿いていたのは壬生だけだった。

壬生の母親は精神を病んでいた。ぼくも何回か町で見かけたことがある。見た目は普通だが、近くにいくと普通ではないのはすぐにわかった。たいてい一人で喋っていたからだ。それもまるで誰かと会話しているような調子で喋っているものだから、傍にいると自分に喋りかけてきていると勘違いしそうになる。家の中ではどんなふうか知らないが、もしかしたら娘の世話などほったらかしなのかもしれない。しかし、そんなことはぼくらの知ったことじゃない。三年生のとき、授業参観の授業中に、突然、わけのわからないことを喋りだしたのには驚いた。先生が「静かにしてください」と言っても、彼女の話は終わらなかった。壬生が泣きながら「お母さん、帰ろう」と言って、母親を教室から連れ出そうとしたが、母親は娘の頬を思い切りひっぱたいた。教師が止めに入ったが、母親は暴れて一時は騒然となった。

その事件以来、悪童たちは母親のことで、壬生をしょっちゅうからかった。最初はその度に泣いていた壬生だったが、四年生になる頃には、男の子相手でも激しくやりあうようになっていた。頭は悪くなさそうだったが、勉強はおそらくぼくらよりもできない。というのは、授業中、先生にあてられても、いつも答えられなかったからだ。

学校に仲のいい友達はひとりもおらず、クラスでは完全に浮いていた。それでもいじめの対象にならなかったのは、口が達者だったからだ。女子などは壬生と口げんかすると、まず泣かされた。とにかく相手の嫌がる言葉を速射砲のように繰り出すのだ。もし悪口を言う才能というものがあるとしたら、壬生は天才だった。相手を罵倒《ばとう》するときはもうなんでもござれで、肉体的欠陥や過去の失敗談など、ありとあらゆることを罵詈雑言《ばりぞうごん》に合わせて吐き出すのだ。ぼくなどは壬生に早口でまくしたてられると、腹が立つのも忘れて感心してしまうこともあるほどだった。

さすがに六年生になってからはなくなったが、四年生くらいまでは、男子相手でも殴り合いで負けなかった。そんなわけで、クラスのほとんどが彼女を恐れていた。

さっき、いじめの対象ではないと書いたが、実はそれは正確ではない。面と向かったいじめはなかったが、壬生はクラスのほとんどからシカトされていた。しかし本人は何とも思っていないようだった。いじめというのは、その対象者が精神的に傷つくことを目的とするという意味では、壬生へのシカトにその効果はなかった。

実はぼくは内心で、壬生の精神力の強さに若干敬意を抱いているところもあった。しかし彼女を嫌いなことは人後に落ちない。

だから、このときもうんざりして、壬生の声が聞こえないふりをした。

「おい、聞こえてるんやろう、返事くらいせいや。それとも頭だけやなくて耳まで悪くなったんか」

「うるさいな、ほっとけよ」

ぼくは振り返って怒鳴った。壬生はようやく乗ってきたなという風ににやりと笑った。

「有村に愛を捧げるんやて。有村も迷惑な話やな」

「迷惑なんかしてるはずあるか。有村さんはありがとうと言うて、ぼくと握手までしてくれたんや」

「へー、それが嬉しかったんか。もしかして、あまりに嬉しくて、その手ぇ洗ってないんちゃうやろな」

図星を指されて顔が赤くなるのがわかったが、壬生は悪口を言うのに夢中で気が付かなかったようだ。

「遠藤と違《ちご》て、有村はすぐに洗ったと思うで。おしっこにいって手も洗わへん男と握手したんやからな」

ぼくは何か言い返そうとしたが、壬生はもう足早にぼくらを追い抜き、「次からトイレで汚いちんちんを触ったら、手ぇ洗っとけよ」と言うと、笑いながら走り去っていった。

その後ろ姿に向かって「ひげ女!」と怒鳴ったが、壬生は振り返りもしなかった。

ぼくは舌打ちした。

「壬生の言うたことは本当か」と陽介が言った。「ちんちん触って洗ってないんか?」

「たまにや」

「お、俺も洗ってない。う、うちのおとんもトイレで手を洗わへん。ほんで、おかんに怒られてる」

「そんなことどうでもええよ。そんなことより、壬生と有村さんは、同じ女とはとても思えへんな」

「まったくや。あいつこそ、ちんちんついてるんやないんか」

陽介の言葉にぼくと健太は大笑いした。

騎士団を結成して一週間ほど経ったが、ぼくらの生活に、それほど大きな変化はなかった。騎士団としてやらなければならないことはとくになかったからだ。

ただ、有村由布子との関係は微妙に変わった。彼女はぼくらを見ると、必ず会釈《えしゃく》してくれるようになった。そんなことは以前は一度もなかったから、それだけでも騎士団を作った価値があった。

しかしそれをいいことに馴《な》れ馴《な》れしく近づいたりはしなかった。それが騎士の愛、ミンネだからだ。ぼくらは有村由布子を遠くから見つめているだけで十分だった。

騎士団のことはすぐに担任の安西《あんざい》先生にも知られることになった。安西先生は二十代後半の若い教師で、男子女子問わず生徒たちに人気があった。明るい人柄で、授業中にもしばしば脱線して、面白い冗談で生徒たちを笑わせた。スポーツが好きで、放課後はたまに男子生徒たちと一緒にサッカーをしたりした。

　ある日の授業中、安西先生は突然言った。

「このクラスには騎士がいるそうやな」

　クラスの生徒たちは笑った。ぼくは何をからかわれるのだろうかと緊張して身構えた。

「騎士団というのは、なかなか素敵じゃないか」安西先生は笑顔を浮かべながら言った。「騎士というのは、ある意味で、ヨーロッパの中世の貴族の理想の姿や。正義を貫き、勇気に満ちた行動をとる」

　ぼくは自分が褒められているようで誇らしい気持ちになった。

「しかし――」と安西先生はにやりと笑った。「それはあくまで理想像であって、実際の騎士はなかなか汚い存在だったんやで」

　クラスにどっと笑いが起こった。

「そうした騎士道をバカにして書かれたのが、『ドン・キホーテ』という小説や。主人公のドン・キホーテは、田舎の老人だったが、騎士道小説を読みすぎて、いつのまにか自分が騎士だと思い込み、はちゃめちゃな行動を起こすようになるんやな」

教室の笑いがさらに大きなものになった。皆がぼくらをドン・キホーテとみなしたのは明らかだった。

「ドン・キホーテは、騎士には理想の姫が必要と考え、田舎娘ドルシネアを姫として崇《あが》め奉《たてまつ》るんや」

教室は爆笑の渦になった。ぼくは恥ずかしさのあまり思わず下を向いた。陽介と健太にも恥ずかしい思いをさせて申し訳ないと思った。しかし有村由布子を田舎娘に譬《たと》えたとしたら、それは安西先生の間違いだ。

「みんな静かに！」

安西先生は言った。

「先生は遠藤たちをバカにしているんじゃない。むしろその反対で、立派だと思っている。実際の騎士は汚いものだったかもしれないが、だからこそ、そんな生き方をしたくないと考える騎士たちが存在したのもたしかや。そういう理想を持つことは素晴らしいことだと思う。そして実際に高貴な騎士もいた。フランスには『ノブレス・オブリージュ』という言葉がある。これは高貴な人は社会に対する義務を負うという意味で、騎士の精神を引き継いだものともいえる」

いつのまにか笑い声は消えていた。

「騎士というのは、日本で言えば侍だな。日本に武士道があるように、西洋には騎士道がある。この二つはよく似ているが、実は決定的に違うことがひとつある」

安西先生はクラスを見渡して言った。

「さっきドン・キホーテの話でしたように女性に対する姿勢や。武士道には女性は出てこないが、騎士道は女性に愛と忠誠を誓う。実はレディファーストというのは、その名残りなんや」

生徒たちは感心したようにうなずいた。陽介が、そうなのかという顔でぼくを見たが、ぼくは知らないという意味で小さく首を振った。

「遠藤と木島と高頭の騎士団は、有村をその対象として選んだらしいが、なかなか面白い！　今の世の中は男女同権となっていて、もちろんそれは正しいのだけど、先生は、男は素敵な女性を崇拝する心を持っていてもいいと思う」

安西先生はそう言って朗らかに笑った。

「古今の名作やドラマは、そういう精神で生まれたものが多い。もちろん女性にとっても、かっこいい王子様に憧《あこが》れるのはいいことだと思う。男女同権は大事なことだが、それと同時に、恋においては、互いに憧れ、崇拝する気持ちはとても大切やと思っている」

女の子たちは「きゃあ」という嬉しそうな声を上げた。男子も嬉しそうだった。ぼくの前の席の健太の背中が伸びたのがわかった。

4

安西先生の言葉を境に、クラスのからかいの声は明らかに減った。そして、騎士団が有村由布子の親衛隊的存在というのも、半ば公認された形となった。それでもときどきは「ドン・キホーテ」と呼ばれたが、悪意ある悪口ではなかった。

ただ、相変わらずしつこくからかってくる者がひとりいた。壬生紀子だ。壬生はぼくらの顔を見ると、いつも「三バカ騎士団」と嗤《わら》った。

ある日、ついに頭にきて、校庭で言い返した。

「六年生にもなって、もう少し女の子らしい口の利《き》き方がでけへんのか」

「あんたかて、六年生にもなって騎士団って何や。有村だって裏で笑っているのを知らへんのか」

「嘘《うそ》言うな」

「嘘やない。みんなでバカにしてるで」

「そんな嘘に騙《だま》されるか」

そう言いながら、自分の顔が真っ赤になるのがわかった。

「あらあら、動揺しちゃって」壬生は笑った。「内心では、本当かもしれないとびびってるのがまるバレやん」

そう言うと、その場を立ち去った。

壬生の姿が消えた後、陽介が不安そうに言った。

「あいつの言うたこと、本当かな」

「でたらめに決まってるやん」とぼくは返した。「ぼくらにそう思わせるのが、あいつの手や。ぼくらの心に疑心暗鬼を生じさせようとしてるんや」

「ギシンアンキって何や」

「余計なことを考えて怖がることや」

「ヒロは勉強はでけへんのに、難しい言葉を知ってるな。本をよく読んでるからやな」

陽介の言う通り、読書はぼくの趣味のひとつだった。本の世界に入ると、現実の嫌なことを忘れられる。ただ、自分でも読書は現実逃避のひとつだと思っていたから、読書家と言われるのはあまり嬉しくなかった。

ところで、実はぼくも内心で、壬生のセリフにはどきっとさせられていた。有村由布子が裏でぼくらを笑っているとしたら、こんな滑稽《こっけい》なことはない。でもその想像を懸命に振り払った。そういう疑心暗鬼にとらわれることはレディに対する冒瀆《ぼうとく》だからだ。

「そやけど、俺たち、せっかく騎士団を作って有村さんに忠誠を誓っているのに、有村さんとほとんど喋ってへんなあ」

陽介が言った。

「騎士は遠くでレディを想《おも》ってるもんや。それが騎士の愛なんや」

ぼくの言葉に二人は小さくうなずいたが、顔には不満の表情が浮かんでいた。

「そうは言うけど、俺たち、せっかくあんな宣言をしたんやから、もうちょっと有村さんと仲良くなってもええんやないか。ヒロは有村さんと握手したから満足かもしれんけど」

陽介の言葉に、健太も同意した。

「お、大橋と、や、山根《やまね》は、あ、有村さんの誕生日パーティーにも呼ばれたらしいで」

山根博樹《ひろき》は大橋の次に勉強ができる男子で、有村由布子の崇拝者のひとりだ。

「有村さんは大橋か山根が好きなのかもしれへんな」

陽介が面白くなさそうな顔をして言った。

「有村さんが誰を好きでも関係ないやないか。ぼくらは騎士団なんや」

「騎士団かて、レディと話をするくらいいいやろう」

健太もうんうんとうなずいた。要するに陽介と健太は有村さんと少しでも話をしたいと思っているらしい。もっとも、その気持ちはぼくも同じだった。

「わかった」とぼくは言った。「そやけど、どうやって、有村さんに話しかける？」

二人は互いに顔を見合わせた。二人ともいいアイディアはないようだった。

「ほんなら、こうしよう。有村さんに、何か使命を与えてくれと言うのはどうや。騎士団としては、有村さんの願いを叶《かな》えると同時に、有村さんともいろいろ話ができる」

「ヒロ、お前、頭いいなあ」

陽介がぼくの肩を軽く叩《たた》いた。健太も嬉しそうに「い、いいね」と言った。

次の日の放課後、ぼくらは揃って有村由布子を靴置き場で待ち構えた。

有村さんはいつものように三人の女子を連れていた。ぼくらはその取り巻きを密《ひそ》かに「三人の侍女《じじょ》」と呼んでいた。というのも、いつも有村さんのそばに侍女のようにへばりついていたからだ。

有村さんはぼくらに気付くと、少し驚いた顔をしたが、すぐに微笑んで、「どうしたの、騎士団の皆さん」と言った。

その笑顔を見た瞬間、ぼくの頬がみるみる緩んだ。なんだ、これは——有村さんの笑顔は魔法の力でもあるのかと思った。同時に胸がどきどきしてきた。有村さんは珍しく赤いワンピースを着ていた——それが見事に似合っていた。

つばを飲み込んでから一気に言った。

「ぼくらは有村さんの騎士団やから、もしぼくらに何かやってほしいことがあるんやったら言うてほしい」

「あんたらに何ができるのよ」

侍女の一人である水谷洋子《みずたにようこ》が横から口を挟んだ。陽介が「お前に言うたんやない」と言うと、水谷は「なにさ」と言い返した。

有村さんは腕組みした右手を顎《あご》の下に置いて、少し考える仕草をした。そんな姿勢も実に決まっていた。

「騎士団は私の味方なの？」

「もちろん」

ぼくらは胸を張った。徐々に胸のどきどきがおさまってきた。

「じゃあ、私の敵は、騎士団の敵というわけ？」

ぼくは少し考えたが、それは当然そうなると思って、「うん」と答えた。

「じゃあ、私が好きじゃない子は、騎士団も好きじゃないということになるのかしら」

ぼくはうなずいた。レディが嫌いな子なら、騎士団も嫌うのは当然だ。

「有村さんは嫌いな子がいるの？」

陽介の質問に、有村さんは「ううん」と首を横に振った。

「それは仮定の話。もし、そんな子がいたらという話よ」

そしてにっこり笑うと、「じゃあね」と言って、靴箱から靴を取り出して履いた。

有村さんは侍女を引き連れて帰っていったが、少しすると、侍女のひとりの高木《たかぎ》佳《か》代《よ》が戻ってきた。

「由布子さんは、昨日、壬生さんに泣かされたのよ」

「ほんまか。それはなんで？」

「最初は、壬生さんはうちらに絡《から》んできたの」

「何て言われたんや？」

高木は言おうか言うまいか少し迷ってから、「壬生さんは、うちらのことを金魚の糞《ふん》って——」と言った。

ぼくは思わず笑ってしまった。ぼくも高木や水谷のことを心の中で「侍女」と馬鹿《ばか》にしているが、壬生はそれよりも強烈な言葉で罵《ののし》ったのだ。さすが、悪口の天才だ。

高木はぼくが笑うのを見て、明らかに不機嫌になった。

「由布子さんは怒って、壬生さんに注意したんよ。そしたら壬生さん、今度は由布子さんにすごい悪口を言って——。女王気取りで調子に乗るなよって。アメリカで落第したから、一年遅れてるんやろうって。由布子さんは人の悪口を言うようなタイプじゃないから、何も言い返さずに、泣いてしまって」

聞いているぼくらも腹を立てた。

それにしてもぼくらよりも大人びていて凛《りん》としている有村さんが泣くなんて意外だった。多分、壬生は高木が言った以上の罵詈雑言を投げつけたのだろう。壬生という女は最低のやつだと思った。いつだって人を不快にさせることを言っている。まるで狂犬だ。

有村さんがぼくらに「私が好きじゃない子は、騎士団も好きじゃない？」と訊《き》いた気持ちが理解できた。その答えは当然イエスだし、もともと壬生のことは嫌いだったが、一層嫌いになった。

その日、ぼくらは久しぶりに秘密基地に行った。騎士団結成の翌日以来だ。関西も本格的な梅雨《つゆ》に入っていた。ただこの日はどんよりと曇ってはいたが、雨は降っていなかった。

「それにしても壬生は憎たらしい奴やな」

陽介がソファーに座るなり言った。健太が「ほ、ほ、ほんまや」と同調した。もちろん、ぼくも同じ気持ちだった。

「ぼくらは有村さんに忠誠を誓った騎士なんやから、もし今度、壬生が有村さんにケンカを吹っ掛けるところを見たら、有村さんを守らないとあかん」

ぼくの言葉に、二人は大きくうなずいた。

「そのときは、有村さんも円卓の騎士を見直してくれるかなあ」と陽介は言った。

「当然や。大橋なんかよりも上に見てくれるで」

陽介と健太は嬉しそうな顔をした。

それからひとしきり壬生への悪口で盛り上がった後、ぼくは陽介と健太に告げた。

「ところで、騎士団は次のステージに向かうべきときが来たと思う」

二人はきょとんとした顔をした。

陽介が「ステージってなんや」と訊いたので、ぼくは「ドラクエで新しい町に向かうようなものやな」と言った。二人は「なるほど」とうなずいた。

「騎士団の次のステージというのは、騎士団の存在をみんなに認めさせることや。つまり、騎士団結成のもうひとつの目的を達成するんや」

「な、なにを、するんや？」

「藤沢薫殺しの犯人を見つけるんや」

二人は同時に「おおっ！」と声を上げた。

「つ、ついにやるんか」

「怪しい容疑者は三人やったな。どうやって調べるんや？」

「ぼくらは警察やないから、取り調べなんてでけへん。そやから、じっくりと行動を見張る。三人で一緒に行動すると怪しまれるから、バラバラでやろう」

二人も賛成した。

「俺は柳書店のおっさんを調べるよ」陽介が言った。

「じゃあ、ぼくは北摂新聞の配達員のおっさんを調べる」

ぼくが言うと、健太が「ちょ、ちょ、待ってくれよ」と慌てて言った。

「お、俺は、よ、妖怪《ようかい》ババアはいやだ」

「こういうのは早い者勝ちだ」

ぼくの言葉に陽介も笑いながら、そうだ、と言った。

「ず、ずるいぞ。騎士団の行動は話し合って決めると、前に言うたやないか」

「わかったよ」ぼくは言った。「ほんなら、あみだくじで決めよう」

ぼくはノートを破って三本線のあみだくじを書き、二人に選ばせた。その結果、健太が北摂新聞の配達員、陽介が柳書店となった。つまり妖怪ババアはぼくが調べることになったのだ。大喜びの二人を前に、少し気分が落ち込んだ。しかし騎士たるもの、くじの決定に文句は言えない。くじは神聖なものだからだ。

それで、翌日から、それぞれ独自に調査を開始することになった。


翌週、学校で顔を合わせたとき、陽介がいきなり「柳書店のおっさんはシロやな」と言った。

「なんで、そう言えるんや」とぼくは聞いた。

「柳書店に行って発見したことがある。あのオヤジ、足が悪いんや。ずっと店の奥に座ってんのはそのせいやったんや。あの足やったら丸川町までは行かれへんし、殺人は無理やと思う」

「どうして足が悪いってわかったんや」

「店のシャッターを閉めるのに出てきたときにわかった。左足を引きずっとった」

「それはポーズかもしれへんぞ。捜査の目をくらませるための」

「そんなの警察に通用するかな」

そう言われれば、たしかにそうだった。

「俺、店の裏手も見てみたんや。おっさんの車があったんやけど、運転席のところに、『駐車禁止除外指定車標章』があった」

「それはなんんや」

ぼくの問いに、陽介はちょっと胸を張った。

「駐車禁止の場所に車を停めても罰金を取られへんカードで、身体障碍者《しょうがいしゃ》がもらえるんや」

「そ、そんなんがあるんか」と健太が言った。ぼくは「だとしたら、柳書店のおっさんは容疑者リストから外さんとあかんな」と言った。

「健太はどうやねん。新聞配達のおっさん」

陽介が訊いた。

「お、おとどい、新聞配達のおっさんを尾行しようと、朝、五時半に起きたんや。ほ、ほんなら、もうとっくに配達が終わってた」

陽介は「新聞配達て早いんやな」と呟《つぶや》いた。

「ほ、ほんで、昨日は四時に起きて、販売所に行ったんや。ほ、ほんなら、もうとっくに配達員は出発してた」

「ほな、三時くらいに起きないとあかんな」

「さ、三時なんて、起きる自信ないし、第一、い、家を出られへん」

「たしかにな」とぼくは言った。「ほな今度、夕刊を配るところを三人で尾行しよう」

二人も「賛成」と言った。

「ほんで、ヒロはどうやねん。妖怪ババアから、何か摑《つか》んだか」

陽介が訊いた。

「いや、まだ何も——」

「ちゃんと調べてるのか」

「調べてるよ。そやけど、あのババア、家から一歩も出えへんのや」

これは本当だった。土曜日の午後をつぶして、妖怪ババアを見張りながら家の周囲を何度も歩いたが、妖怪ババアは家から一歩も出なかったのだ。

翌日の日曜日も同じだった。ぼくは昼過ぎ、妖怪ババアの玄関ドアに小さな紙をはさんで、いったん家に帰った。これは探偵もののドラマで見たやり方だった。ドアを開けた形跡があれば、紙が落ちている。夕方、もう一度、妖怪ババアの家に行ったが、紙はドアにはさまったままだった。

ぼくの説明に、二人は納得いかない様子だった。

「夜に出てるかもしれへんやないか」

陽介が言った。

「そうかもしれへんけど、夜はぼくが家を出られへん。うちはマンションやから、こっそりと家を抜けられへんねや」

「ほかに何か方法があるやろ」

「方法ってなんや？」

「それを考えるのがお前の仕事やろう」

陽介の言い草は無茶苦茶だと思ったが、そもそも騎士団を作ると言い出したのはぼくだし、藤沢薫殺しの犯人を見つけると言い出したのもぼくだ。それに妖怪ババアを怪しいと言ったのもぼくだったし、くじで負けたのもぼくだ。

「わかったよ。夏休みまでには何とかする」

そうは言ったものの、その日、授業中もずっとそのことを考えていたのに、いいアイディアは少しも浮かばなかった。

あまりにも真剣に考えすぎて、四時間目の国語の時間、安西先生にあてられたときは全く気付かなかった。後ろの席の飯田《いいだ》に背中を指で押されて初めて気が付いた。

「おい、遠藤。夢でも見てるのか！」

安西先生は笑いながら言った。

「それとも、レディのことでも考えていたのか」

皆がどっと沸いた。

結局、その日一日考えて出した結論は、正面から突撃をするというものだった。

「直接、妖怪ババアに会いに行く」

ぼくの言葉を聞いた陽介と健太は驚いた。「本気で言うてんのか」

ぼくはうなずいた。

「妖怪ババアと直接話して、何か感じるかどうか調べてみる」

「何かってなんや」

「俺は思うんやけど、人を殺した人間は、普通とは違うと思うんや」

「そらそやろな。同じやったら変やな」

「もし妖怪ババアが藤沢薫を殺してたんやったら、ぼくらは何かを感じると思うんや。

第六感というやつで」

陽介は「なるほど」と言った。

「なんなら、妖怪ババアの前で、藤沢薫の名前を出してもええかもしれへん。もし犯人やったら、なんかリアクションがあるはずや」

「そうやな」

決行日は翌日ということにした。その日でもよかったのだが、せめて一日は心の準備に時間が欲しかったのだ。

5

翌日、ぼくらは学校を終えて妖怪ババアの家に向かった。妖怪ババアの庭は小学校の校庭の西側に隣接していたが、玄関に行くには、校門を出てから大きく学校を半周しなければならない。

手順は昼休みに確認していた。まず、ぼくが玄関の呼び鈴を押す。妖怪ババアが出てきたら、小学校のアンケート調査に協力してくださいと言って紙を見せる。その紙には、天羽小学校についてどう思うかがいくつもの項目にして書かれてある。これはぼくが昨日適当に書いたものだ。アンケートはその場で聞き取りして記入していく。その間、陽介と健太は妖怪ババアを観察する。そして、アンケート調査の途中、いきなり藤沢薫を知っているかを訊く。ここが急所だ。妖怪ババアの顔色が変わったりしたら、まず犯人に間違いない。声の調子が変わっても相当に怪しい。

校庭を出て三分で妖怪ババアの家が見えた。一見何の変哲もない木造住宅だが、ぼくらの目には化け物屋敷に映った。この中には得体のしれない気味の悪いババアが住んでいるのだ。きっと家の中は真っ暗に違いない。

一歩近づくたびに、家がにやりと笑っているように見えた。さっきまで喋っていた陽介と健太も今は黙りこんでいる。

近づくにつれて、自分がいる空間が歪《ゆが》んでいくような気がした。地面がウレタンマットでできているような、ふわふわした感じがする。いや、ぼくの足がゴムでできているのか。

玄関まであと三メートルというところまで来たとき、突然、玄関の扉が開いた。あまりに突然のことに、ぼくらは硬直して逃げ出すこともできなかった。

玄関から出てきたのは、人相の悪い中年の大男だった。丸坊主《まるぼうず》で、黒いTシャツに半ズボンを穿いている。

男はぼくらを睨《にら》みつけた。右頬に大きな傷跡があった。それを見た瞬間、恐怖で体が固まった。

「お前ら、なんや」

ぼくは震える手で持っていた紙を差し出した。

「天羽小学校に関するアンケートです」

男は不審そうにその紙をひったくった。しばらくその紙を眺めていたが、ふんと言うと、紙をくしゃくしゃにして投げ捨てた。

「くだらんことはやめて家に帰れ」

男はそう言うと、通りの向こうへ歩いていった。

ぼくらはしばらく無言で固まっていたが、男が通りを曲がって姿が見えなくなってから、陽介が「なんだよ、あいつ」と言った。

「く、くだらんことはやめて、い、家に帰れ」

健太が男の物真似をした。

二人とも、あんな奴《やつ》怖くもなんともないや、という虚勢を張っていたのはわかったが、男にじかに睨まれたぼくは、それに乗っかって冗談を言う気にはなれなかった。正直に言うと、まだ足が少し震えていたのだ。

男の目は人殺しの目に見えた。もっとも、これまでの人生で人殺しなんか見たことはない。それでも、男の目つきは普通じゃないと思った。少なくとも、学校の先生や駅員、商店街の店主たちのような目ではなかった。

「あいつが、藤沢薫殺しの犯人かもしれへんな」

陽介が言った。

「可能性はあるな」とぼくは答えた。「あいつも容疑者リストに入れてええかも」

「これからどうする？」

「とりあえず、秘密基地に行こう。その後、どうするかを決めよう」

ぼくらは秘密基地に行った。

基地の中は地下のせいか涼しかったが、少しむしむしした。じっとしていても汗が滲《にじ》んでくる。前に来たときはあたりは静かだったが、今はところどころからセミの声が聞こえるようになっていた。

季節はいつのまにか七月に入っていた。

「クーラーがほしいなあ」

陽介がハンカチで汗を拭《ふ》きながら言った。

「で、電気が通ってないから、い、意味がないよ」

「いつか電気を通そう。電柱から電線を引けば何とかなるやろう」

「そんなことできるのかなあ。どうやったらええんやろ」

「ナイトスクープに依頼の手紙出して調べてもらおうか」

ぼくの言葉に、二人は「ええな」と言った。視聴者の依頼に応《こた》えるテレビのバラエティ「探偵!ナイトスクープ」はその年の春から始まった新番組で、ぼくらのお気に入りだった。まさか三十年後も続く番組になるとは夢にも思っていなかった。

「電気もいいけど、この基地も拡張していこうや」陽介が言った。「毎日、掘っていけば、すぐに倍くらいの広さになるで」

三人はしばらく基地拡張計画について話し合った。

話しているうちに夢はどんどん膨らみ、すべてが実現可能なように思えた。自分たちは何でもできるという万能感でいっぱいになった。藤沢薫殺しの犯人はいつか捕まえることができるし、有村由布子はぼくらを本当の騎士と思う日が来るかもしれない。

「ところでさあ、昨日、柳書店に入ったという話をしたやんか」

陽介が突然話題を変えた。

「そのとき、店の本を読むふりをしてレジにいるおっさんを観察してたんやけど——

たまたま手に取った本が、すごくいやらしい本やったんや」

「どんな本や」

「中学生くらいの女が裸にされて紐《ひも》で縛られている写真の本」

健太が「うぉ！」と叫んだ。

「いや、もしかしたら、小学生かもしれへん。いや、ちゃうかな。小学生にしては大きすぎるかな」

「小学生でも中学生くらい大きいのはいるぞ」

「あ、有村さんは中学生くらいあるぞ。というか、ほんまやったら中一やからな」

健太が有村由布子の名前を出したので、陽介は一瞬黙った。

「その写真はエロかったんか」ぼくは訊いた。

「かなりエロかった」

「け、毛が生えてたか？」

健太が訊いた。

「写真ではわからへんかった」

「あ、有村さんは、は、生えてるのかな」

健太がぼそっと言った。

「そら、生えてるやろ。体も大きいからな」

陽介の言葉に、三人とも押し黙った。

二人が有村由布子のあそこを想像しているのが手に取るようにわかった。そういうぼくも思わず想像していたからだ。ちなみにぼくらは三人とも生えていなかった。

当時は一般家庭にパソコンもなく、ネットで女性の裸が簡単に見られる時代じゃなかった。スマホどころか携帯電話さえ存在しなかった。女きょうだいのいないぼくらにとっては、女子の体というのは秘密のヴェールに隠されたものだった。

「有村さんはぼーぼーかもしれんな」

陽介が下品な笑いを浮かべて言った。ぼくは立ち上がって「お前ら、いやらしいことを考えるな!」と言った。

「ぼくらは騎士ということを忘れるな。ミンネに対してエッチなことを想像するのは許されへん」

「ヒロかて、想像したやろう」

「してへん!」

「ぜ、ぜ、絶対にしたはずや」

健太までも断言した。ぼくは重ねて否定したが、二人は全く信用しなかった。実際、二人の指摘は正しかったから、ぼくもそれ以上は否定するのをやめた。

そのあと、何となく気まずい沈黙が流れた。

その間、二人が何を考えていたのかは知らないが、ぼくは騎士のことを考えていた。かつての高潔な騎士たちはどうだったのだろうということだ。ぼくらが想像したようなことは微塵《みじん》も考えなかったのだろうか。当時のぼくは――そして陽介と健太も、もちろん童貞だ。三人ともキスの経験さえなかった。それでもこれほど心が乱されたのだ。大人である騎士たちは、それ以上のもやもやした気持ちと戦ったような気がした。いや、だからこそ、騎士は精神的な愛の素晴らしさが理解できたのかもしれない。ただ、ぼく自身は、有村由布子に対していやらしい考えを抱くということは絶対に駄目だと本気で考え、一瞬でもそんなことを想像した自分を激しく嫌悪《けんお》した。

突然、陽介が口を開いた。

「四年の終わりに、女子だけ体育館に集まったのを覚えてるか」

健太がうなずいた。そのことはぼくも覚えている。体育館の窓に黒いカーテンが張られ、男子が覗《のぞ》けないようにされていたという噂《うわさ》だった。その日は男子だけが早く帰れるということで、ぼくらは大喜びで帰宅した。

「すごいスライドが上映されたらしいで」

「し、し、知ってるよ、あ、あ、あ、あそこから血が出るビデオやろ」

健太がいつも以上にどもりながら言った。

その話はぼくも聞いていた。といっても、それが具体的にどのような生理現象なのかは知る由《よし》もなかった。ただ、保健体育の教科書で、女子は大きくなるとあそこから血が出るということを知って、腰が抜けるほど驚いた記憶がある。そして、女とは恐ろしい生き物なんだと思った。高学年になると、胸が膨らんだり、あそこから血が出たり、低学年のころとはまるで違った生き物になる。それはまるで芋虫から蝶《ちょう》になったりカブトムシになったりする完全変態の昆虫のようにも思えた。女子と比べると、男子はバッタかゴキブリみたいな不完全変態の昆虫だ。

大人になってから、女性がいかにミステリアスな生き物であるかを知った。それらは子供時代には想像もできなかったことだ。しかし女性の不思議さを間近に見ていたのは、本当は子供時代だったかもしれない。

ふいに藤沢薫のことが頭に浮かんだ。噂では藤沢薫は犯人にいやらしいことをされたということだった。一度、商店街で中年の男たちがそんなことを言っているのを聞いたことがある。具体的な話はしていなかったが、おそらくあそこに何かをしたのだろう。そう言えば発見された遺体は全裸だったという。となると、犯人は男で、妖怪ババアではないということになる。いや、妖怪ババアの家に出入りしていた得体のしれない男が犯人かもしれない。いずれ、もう一度調べてみる必要があると思った。

その日、陽介は素晴らしいものをぼくらにくれた。金属製の騎士団バッジだ。大きさは二センチほどのホームベースのような形をしたもので、盾をデザインしたものだった。裏に小さな安全ピンが付けてあった。

「手作りやから、一個一個形が違うけど」

陽介は言い訳するように言った。

「す、すごいぞ。これ、めちゃくちゃかっこいい！」

健太が興奮していたが、ぼくも同じ気持ちだった。

「これ、どうやって作ったんや」

「ハンダを溶かして、粘土で作った型に流して作った。そやから、全部形が微妙に違う」

あらためてバッジをじっくり眺めると、盾の模様まで器用に作ってある。その素晴らしい出来栄《ば》えに改めて感心した。陽介にこんな才能があるとは知らなかった。

三人とも早速、シャツの胸の部分にバッジを付けた。それだけで、なんだか自分たちが本物の騎士になったような気持ちになった。

「安全ピンも一応ハンダでくっ付けてるけど、服に付けたまま洗濯すると取れるかもしれんから注意してくれよ」

ぼくと健太は「うん」と答えた。

この日、陽介はもうひとつの物も用意していた。それは秘密基地に侵入してきた敵と戦うためのこん棒だった。ぼくと健太は「そんなもんいらんやろう」と笑ったが、陽介は「これは名剣エクスカリバーや。いつか騎士団を救うことになる」と、いたって真剣だった。

秘密基地からの帰り道、途中で健太と別れて、陽介と二人になった。健太の家は天羽市の高級住宅街にあって、ぼくや陽介の家とは反対側だった。

ぼくはもらったバッジを見ながら陽介に言った。

「陽介がこういうの作るの上手《うま》いのは、お母さん譲りなのか」

「うちのおかんは裁縫もでけへん」

「ほな、お父さんが得意やったんかもしれんな」

陽介がはにかんだような苦笑いを浮かべた。亡《な》くなったお父さんのことを言ったのは悪かったかなと思った。

「あのな、ヒロ――」陽介がぽつりと言った。「俺、本当はおとんがいないんや」

「知ってるよ。死んだんやろう」

「そうやなくて――おとんが誰かわからへんのや」

「どういうこと?」

「俺のおかん、結婚せんと俺を生んだんや」

「ほんまか。ほな、未婚の母なんやな」

そう言ったものの、実は未婚の母というものが具体的にはどういうものかはよくわかっていなかった。

「そやから、俺のおとんがどんな人なのか、全然わからへんのや」

「お母さんは知ってるんやろう」

陽介は首を横に振った。

「おかんは、おとんは俺が小さいころに死んだと嘘を言うとった。今もそう言うてる。未婚で俺を生んだというのは、叔母さんから聞いたんや。そやから、おとんが誰なのか、今、生きてるのか死んでるのかもわからん。おかんがいつか教えてくれるのか、死ぬまで黙っている気かはわからん」

陽介は一気に言った。そんな話を聞いたのは初めてだった。お父さんがどんな人かわからないというのはどういう気持ちなのか想像もできなかった。陽介がそんな事情を抱えているとは知らなかった。ぼくはどう返事していいのかわからず、黙っていた。

「なんか変なこと言うたな」陽介はそう言って笑顔を見せた。「別に真剣に悩んでるわけやないんやで」

それから冗談めかして、「もしかしたら、俺のおとんというのは、太った人かもしれへんなと思ってる。おかんは痩《や》せてるからな」と言った。でも、その冗談は笑えなかった。

「ヒロんとこは、お父さんとお母さん、仲がええんやろ」

「いや、そうでもない」

ぼくは言ったが、陽介はそれを慰めとしか受け取らなかったようだ。

しかしそれは本当のことだった。例の祭りの夜の一件以来、父と母の関係は微妙に変わった。以前から小さな口げんかはよくあったが、祭りの夜以降、それがしばしば怒鳴り合いに発展するようになった。それまでは母が折れていたが、事件の後は母も遠慮がなくなった。

母にしてみれば、中学生に負けるのに、なぜ私には強権をふるうのかという気持ちだったのかもしれないが、父にしてみれば、母の態度の変化は自分をバカにしていると思ったのかもしれない。それでしばしば大声で母を怒鳴りつけた。そしてぼくにもちょっとしたことで怒鳴るようになった。おそらく父は、母とぼくに醜態を見られたことが恥ずかしかったのだろう。しかし二人からその記憶を消し去ることはできない。そんな鬱屈《うっくつ》した気持ちがそうさせたのだろうと、今ならわかる。

いつのまにか父との仲は冷え切った。家の中からは笑いが消えた。それだけじゃない。父はまもなく会社の女性と浮気した。そのことで二人が激しく罵り合うのを何度か見た。二人とも子供の前ではその話題を避けているようだったが、時折、激しく衝突すると、そんなルールも忘れてしまっていた。

離婚とまではいかなかったが、ぼくが六年生になった頃には、ほとんど家庭内離婚みたいなものだった。両親ともぼくのことなど関心がなくなったように見えた。とはいえちゃんと食事は作ってくれるし、洗濯もしてくれるし、服を買い忘れるなんてこともない。でも、学校でのぼくの生活や勉強のことにはほとんど関心を抱かなかった。今になれば、子供の勉強のことにまで気を回す余裕がなかったのだろうとわかる。二人とも、自分のことで心がいっぱいだったのだ。

そのころ、両親はともに三十四歳だった。当時のぼくから見れば何もかもわかっている大人に見えたが、四十三歳になった今のぼくから見れば、三十四歳なんて全然そうではないとわかる。

しかし十二歳のぼくにそんなことがわかるはずもない。その頃のぼくは、両親がいつか別れることになるかもしれないという恐怖にずっと怯《おび》えていた。そしてもしかしたら、そのときは二人ともぼくを引き取らないのではないかという不安もあった。結局、十五年後に二人は離婚するが、二人ともそれまではぼくのために離婚を思いとどまっていたというのを、そのとき母から聞いた。そのことで両親に感謝できる気持ちになったのはそれからずっと後のことだ。

もっとも、夫婦仲が上手くいかなくなったのは、祭りの夜が原因だとは断定できない。理由はまったく別のことにあったのかもしれない。ただ、当時はそう思い込んでいたし、それを陽介に打ち明ける気にはなれなかった。

「バッジ、気に入ってくれたか」

陽介が訊いた。話題を変えるためにそう言ったのがわかった。

「めちゃくちゃ気に入った」とぼくは答えた。「最高や！」

「なくさんといてくれよ」

「絶対になくさへん。約束する」

陽介は嬉《うれ》しそうに笑った。

その後の人生でぼくはいくつも約束をしたし、そのかなりを破ってきたが、このときの陽介との約束は今もしっかりと守っている。安全ピンは取れてしまったが、盾の形は少しも崩れていない。いつも使っている机の引き出しの奥に大切におさまっている。今でも引き出しの中のものを取るとき、これが目に入り、ときどき、手に取ってしげしげと眺めることがある。

剣ではなく盾をデザインした陽介のセンスを褒めてやりたいと思う。剣は敵を倒すためのものだが、盾は敵から身を守るためのものだ。人生は攻撃よりも守るほうがずっと困難で、しかも大切だということは、大人になって学んだことだ。

6

陽介の作った騎士団バッジは、ぼくらに騎士団の高潔さと使命をあらためて思い起こさせた。女の子の胸やあそこなんかに夢中になっているわけにはいかない。そこで、藤沢薫殺しの犯人の調べを再開しようということになった。

翌日、ぼくらは北摂新聞の配達員の男の尾行を開始した。

後を尾《つ》けたからといって何かが出てくる保証はない。まさか犯行の現場に偶然出くわすことはないだろう。ただ、もし配達員が犯人なら、怪しげな挙動が見えるかもしれない。たとえば、道行く女の子に目を留めるとか、警官とすれ違ったときにこそこそするとかだ。そんな素振りを見せたら、十分に怪しいと言える。

尾行のためには自転車が必要なので、その日は、自転車を学校の近くの神社の境内に置いておいた。学校は自転車通学が禁止だったからだ。

学校が終わると、すぐに境内から自転車に乗って新聞配達所に向かった。ちょうど配達員が自転車で販売所を出るところだった。ぼくらは幸運に感謝しながら、配達員の五〇メートルくらい後ろを走った。ぽつぽつ雨が降っていたが、傘をさすほどではなかった。

配達員の自転車は思っていたよりも速かったが、新聞をポストに入れるたびに、止まったり、ときには自転車を降りたりするので、ぼくらは悠然と追いかけることができた。

配達員は四十歳くらいに見えた。大きな体で、身長は一八〇センチくらいはあるだろう。髪の毛は少し薄い。配達中の動きに不審な点はなかった。女の子とすれ違っても、その子を注視するわけではない。一度、交番の前を通ったが、そのときも特にスピードを上げず、顔を横に向けたりうつむけたりもしなかった。

「別に怪しくはなさそうやな」

陽介が言うので、ぼくは「一度の尾行くらいで結論はだせへんで」と返した。

新聞配達員はかなりの広範囲を走った。結構な重労働だ。どうして原付バイクを使わないのだろうと思った。

尾行が一時間近くになったとき、まもなく新聞配達が終わりそうだとわかった。配達員の自転車が販売所に近づいてきたからだ。

そのとき、予期せぬハプニングが起こった。健太が道路の溝に自転車の前輪を落として転倒したのだ。健太は自転車を起こして立ち上がったが、すぐに「あっ」と声を上げた。

「パ、パンクした」

見ると、前輪のタイヤがへこんでいる。

「まあ、ええか」

健太はそう言って自転車にまたがったが、陽介が「そんなんで走ったら、チューブが駄目になるで」と指摘した。

「ほ、ほな、お、俺は押していくから、お、お前らで行ってくれ」

そのとき、健太の膝《ひざ》が切れて血が出ているのが見えた。

「お前、怪我《けが》してるぞ」

健太は自分の膝を見て、「ほ、本当だ」と言った。さすがに健太をそのままにして尾行を続けるわけにはいかない。今日の尾行は中止だなと思っていると、

「どうした？」

という声が後ろから聞こえた。振り返ると、そこにはぼくらが追いかけていた新聞配達員がいた。三人とも固まってしまい、何も言えなかった。

「派手に転んだな。大丈夫か」配達員は笑いながら言った。「足を切ったな」

健太は黙ってうなずいた。

配達員は「応急処置や」と言い、ポケットから出したティッシュで健太の血を拭くと、次にお腹《なか》のところに付けていたポシェットからバンドエイドを取り出し、傷口に貼《は》った。ぼくらは予想もしない展開に、何も言えずに突っ立っていた。

「痛みはないか」

「は、はい」

配達員はうなずいて自転車にまたがったが、健太の自転車がパンクしているのに気

付いたようだった。

「前のタイヤがやられとるな」

彼は自転車から降りると、健太の自転車の前輪からチューブを引っ張り出し、自分の自転車に付けてあった小さな空気入れで空気を送り込んだ。するとチューブから空気が漏れる音がした。配達員はその箇所を見つけると、「ここやな」と言った。

配達員はポシェットからゴムと鋏《はさみ》と接着剤を取り出した。ぼくはそれを見ながら何でも出てくるドラえもんのポケットみたいだと思った。

配達員はゴムを丸く切り取ると、そこに接着剤を塗り、チューブの裂け目のところに貼り付けた。それからもういちどチューブに空気を送り込んだ。今度は空気が漏れなかった。彼は満足げにうなずくと、チューブをタイヤに戻した。

「これでよし」配達員は言った。「ま、応急処置やけど、いけるやろう。もしまだ空気が漏れるようなら、どこかの自転車屋に見てもらったらええ」

「あ、ありがとう、ございます」健太が礼を言った。「お、お仕事中なのに、すみません」

「いや、もう配達も終わるとこやったからな」

「おじさんのポシェット、何でも入ってるんですね」陽介が言った。

「何でもはないで。おじさんは自転車で回っているから、いつパンクするかわからへん。ほんで、一応用意してるんや」

「な、なんでバイクを使わないんですか」健太が訊いた。

「ダイエットを兼ねてるんや。最近太りすぎやからな」

配達員は笑いながらそう言って自分の腹をさすった。それから「じゃあな」と言って、去っていった。

ぼくらはその後姿をじっと見ていた。もう尾行する気分ではなくなっていた。

「あ、あのおじさんは違うな」

健太が言った。ぼくと陽介もうなずいた。

翌日、昼休みに、有村さんから「騎士団の皆さん」と声をかけられた。

どきっとした。前々日に秘密基地であんな会話をしていたこともあって、有村さんの顔を見るのが恥ずかしかった。もしかしたら有村さんはぼくらの会話の内容を知っていて、それについて詰問《きつもん》しようとしているのではないかと一瞬思ったほどだ。

しかしもちろんそんなことはなかった。有村さんは素晴らしいソプラノで言った。

「騎士団の皆さんに、お願いがあるんだけど」

「なに?」

「前に遠藤君たちは、私のために何かしたいって言ってくれたわね」

夢かと思った。有村由布子から「遠藤君」なんて呼ばれたことがこれまで一度でもあっただろうか。多分その瞬間、ぼくの体は一〇センチは床から浮き上がっていたに違いない。

有村由布子は腕を組んで微笑《ほほえ》んでいた。信じられるだろうか――あの素敵な笑顔をぼくに向けていたのだ。有村由布子のそばにはいつものように三人の侍女がいた。それに彼女の崇拝者の大橋や山根もいた。

「ぼくらにできることなら、何でもやる」

そう言いながら、自分の声が裏返ったのがわかった。侍女の一人が笑った。有村さんはぼくの声の変化に気付かなかったのか、微笑んだまま言った。

「八月に学館《がっかん》スクールの模擬試験があるのを知ってる?」

ぼくは首を振った。学館スクールの模擬試験は有名中学を受験する小学生が受けるもので、たしか二ヵ月に一度あったが、ぼくには縁がなかったから、それがいつ行われるかなんて、当然知らなかった。ただ、クラスの優等生たちは五年生から毎回受けているようだった。有村由布子もその一人だ。

「その試験、騎士団も受けてみない?」

ぼくは「ええっ!」と思わず声を上げた。

「なんで、ぼくらが模擬試験を受けるの?」

「笑わないで聞いてくれる?」

ぼくは首が折れるくらいうなずいた。

「ふっと思ったんだけど。騎士団が私のために模擬試験を受けるのはどうかしらって——」

意味が分からなかった。有村由布子の代わりに受けるなんてできないし、たとえそんなことが可能でも彼女のほうがぼくらよりもずっと勉強ができるので、まるで無意味だ。代役でないとしても、ぼくらが試験を受けても、有村さんのためには少しもならない。

ぼくはそのことをしどろもどろに言った。

「そんなことはわかっているのよ」

有村さんはいたずらそうな笑顔を見せた。

「実は、私も騎士について調べてみたの。そしたら、騎士はお姫様のために剣の試合に出るってあったの。それを読んだとき、なんだか素敵だなって思って」

有村さんはそう言って、微笑みながら目を閉じてゆっくりとうなずく例の天使の笑みを見せた。その瞬間、ぼくの心は完全にもっていかれた。

有村さんが言った剣の試合は、正しくは「馬上槍試合《ばじょうやりじあい》」だ。馬上槍試合こそは騎士たちの晴れ舞台だ。ぼくが読んだ『アーサー王の物語』にも出てきた。

騎士は愛するレディのために、馬上槍試合に出場する。鎧兜《よろいかぶと》に身を包み、槍を持って馬にまたがり、同じように鎧兜で身を包んだ相手と一騎打ちを演じるのだ。そしてレディに輝かしい勝利を捧《ささ》げる――。ぼくはどれだけその光景を夢想したかわからない。もちろん陽介と健太にそんな話はしていない。第一、それは昔の物語で、実際に今、そんなことはできはしないからだ。だからいかに望もうとも、有村由布子の前で英雄の凛々《りり》しい姿を見せることは叶《かな》わない。

ところが今、有村さんは馬上槍試合の代わりに、別の戦いの場を用意してくれたのだ。槍での戦いとはまるで違うが、レディの前で戦うということには変わりはない。しかも有村さんが自ら提案してくれたのだ。こんな名誉なことがあるだろうか。

ぼくは振り向くと、陽介と健太に「模擬試験を受けよう」と言った。しかし二人は複雑な表情を浮かべて、「無理やで」と言った。

「なんでや。これは騎士団としても大いにやりがいのあることやで。そう思わへんか」

「俺らが学館スクールの模擬試験を受けられると本気で思てんのか」

陽介の言葉に健太もうなずいた。

「受けられるで」

「ヒロは模擬試験って、どんなものか知ってんのか？　有名中学の受験問題みたいなのが出んねんぞ。学校の試験よりもずっと難しいんやで」

「それくらい知ってるわ」

「お前、学校のテストの問題かて解けへんやないか」

陽介の言葉に、有村由布子の周囲にいた大橋や侍女たちが一斉に笑った。ぼくは恥ずかしさでかーっとなったが、陽介の言うとおりだった。学校のテストでさえろくに解けないのに、優等生ばかりが受ける模擬試験の問題なんか解けるはずもない。

いつも有村さんと喋《しゃべ》っている大橋と山根はにやにや笑っていた。この二人はクラスで一位と二位を争っている秀才だ。ぼくはちらっと有村さんを見た。彼女は少しも笑わず真剣な目でぼくを見ていた。

そのとき、有村さんはぼくらを試している、と思った。騎士団の誓いというものがどこまで本気なのか見ているのだ。その瞬間、全身が熱くなった。

「今から勉強するんや！」とぼくは二人に言った。

「勉強したかて無理や」陽介は怖気《おじけ》づいた声を出した。

「真剣にやったら、でけへんはずはない」

「そら、真剣にやったら、零点は取らずに済むかもしれへんけど――」

陽介の言葉に、有村さんの周囲の者がどっと笑った。

「零点を取らないなんて、目標が高すぎるんじゃないか」

大橋がからかったが、ぼくは無視して、有村さんに「模擬試験はいつなん？」と訊《き》いた。

「八月二十八日よ」

夏休みの終わりごろか、今日が七月七日だからまだ二ヵ月近くある。真剣に勉強すれば何とかなるかもしれない。

「有村さんのために頑張るよ。ぼくらの本気というのを見せる」

陽介と健太が、おいおい、と言った。

「恥をかかない点数を取ると、有村さんに約束する」

「恥をかかない点数？」

有村さんは少し睨むような眼をして言った。

の?」
「私がそんなものを望んで、あなたたちに試験を受けてほしいと言ったと思った

うっと言葉に詰まった。

有村さんの言うとおりだ。恥をかかない点数を取るなど、騎士の約束ではない。馬上槍試合に出る前に、馬から落ちないようにすると堂々と宣言するみたいなものだ。そんなへっぽこ騎士をレディが素敵と思うはずがない。試合に出るかぎりは高らかに勝利を誓うのが騎士だ。しかしそれがわかっていても、ぼくは大きなことを口にできなかった。

「平均点は上回るよ」

それがぼくに言える精一杯の目標だった。しかし内心はそれさえも到底無理だということはわかっていた。試験を受けるのは県内の優等生ばかりだからだ。

「お、一気に強気に出たぞ」

大橋の言葉に何人かが笑ったが、有村さんは笑わなかった。

「県で一〇〇番以内に入ってほしいわ」

それを聞いた瞬間、頭から氷水を浴びせられた気分になった。いくら有村さんの願いでも、それは無理だ。県でベスト一〇〇なんて、天羽小学校全体でも一人入るか入

らないかだ。それも入るとしたら四年生から進学塾に通っている秀才だけだ。学館スクールの模擬試験は、神戸や西宮といった都会の有名進学塾に通う超秀才が大量に受けるのだ。

「もし三人のうち、一人でもベスト一〇〇に入ったら、騎士団の誓いは本物だと認めるわ」

「――駄目やったら？」

「受ける前から駄目だと思っているようじゃ、多分駄目ね」

有村さんは露骨に失望した表情を見せた。

「騎士団の皆さんがそんな覚悟しかなかったなんて――残念ね」

有村さんはそう言うと、もうぼくらには関心を失ったように、傍らの侍女と話を始めた。

ぼくらはすごすごと有村さんから離れるしかなかった。

「ヒロ、どうするんや。試験なんか受けへんよな」

三人だけになったとき、陽介が不安そうに訊いた。

「あ、有村さんも、だ、駄目と言っていたもんな」

健太が同調した。

「ぼくは受けるよ」

「本気か！」

「ああ。陽介も健太も一緒に受けるんや」

「俺は嫌やで」

陽介はしり込みしながら言った。

「自信のないこと言うなよ。試験まで二ヵ月近くある。死に物狂いでやれば、何とかなる。やればできる。なせばなる。そう思わへんか」

二人は首を横に振った。

「なあ、ぼくらはずっと勉強してけえへんかった。ぼくは授業中はいつも全然違うことを考えていた。テストの前に教科書を見るなんちゅうことは一度もなかった。ということは、どういうことかわかるか」

「わからへん」

「つまり——やればできるはずなんや。今までは、やらへんかったから、でけへんかったんや。そやけど、やればできる。ぼくらの中にはそんな力が眠ってるんや。潜在能力というやつや」

二人はふんふんという感じでうなずいた。

「お、俺もいつも、お父さんとお母さんから、け、健太はやればできる子と言われてる」

健太が言うと、陽介も「俺も言われたことがある」と言った。

「ぼくもや。きっとぼくらはやればできる子なんや。今まではやる機会がなかった。今度の模擬試験が、ぼくらの力を出すきっかけを与えてくれるんや」

二人の目にちらっと光のようなものが見えた。

「これは大きなチャンスや。この二ヵ月近くで、ぼくらの潜在能力が引き出される。ぼくらはやればできる子というのを証明するんや。そして――有村由布子にぼくらのすごさを知ってもらう」

陽介が「俺、なんかやる気が出てきたよ」と言った。

「お、俺もや。こ、こんな気分になったのは初めてや」健太も力強く言った。

そんな二人を見て、ぼく自身も興奮してきた。なんだか自分の中に眠っていたマグマのようなものが噴き出てくる感じがした。おそらく二人もそうだったのだろう。

「俺、帰ったら、すぐ勉強する」と陽介が言った。

「お、俺も」

「うん。今日は秘密基地にはいかへん。家で勉強や」

「おう」

ぼくらは互いに手を握り合った。

二人と別れて帰る道すがら、ふと思った。もしかしたら有村由布子の本当の意図は、ぼくらのやる気を引き出すことにあったのかもしれない、と。彼女はぼくらを見て歯がゆく思っていたのかもしれない。そんなぼくらに力を出すきっかけを与えようとしてくれた――いや、きっとそうに違いない。その証拠に、あのとき、みんなが笑っている中で、彼女だけが笑わなかった。そう思うと、ぼくの全身が喜びに満たされた。

死に物狂いでやるぞ、と決めた。家に帰ったら、ドラクエはやめて、勉強するんだ。

ぼくの中で妄想が膨らんだ。学館スクールの模擬試験でぼくら三人が県のベスト一〇〇に入る妄想だ。ぼくが県下で八位、健太が五一位で、陽介が九八位に入る。クラス中が大騒ぎになる光景が目に浮かんだ。いや、クラスだけじゃない。学校中が大騒ぎだ。先生たちもぼくらに一目も二目も置く。そして何より有村由布子がぼくらを尊敬の目で見つめる。

ぼくらが登校すると、皆が囁《ささや》く。

「あれが、騎士団の三人だ」

「レディのために試験を受けて、簡単にベスト一〇〇に入ったんだぜ」

「かっこいいよなあ」

もしかしたら騎士団に入団したいという生徒が出てくるかもしれない。六年生の子は入れるつもりはないが、下の学年なら入れてやってもいい。「円卓の騎士」は天羽小学校の伝統になるかもしれない。そしてぼくらは伝説になる――。

妄想はどんどん膨らんだが、最大の妄想は、有村由布子からの賞賛だ。彼女はぼくらの前にやってきてこう言う。

「おめでとう。でも、あなたたちならできると思っていたわ」

そしてぼくの目をじっと見る。それから右手をそっと差し出す。レディの高貴な手だ。ぼくはその手を恭《うやうや》しく取る――。

妄想は帰宅しても止まらなかった。しかし、結局その日、教科書は一ページも開かれなかった。

7

今にして思えば、ぼくはずっとそうだった。いつも妄想の世界に逃げ、現実の世界での努力を怠って生きてきた。

妄想の世界では、ぼくは常に輝ける存在だった。できないことはない。その気になればテストはいつだって満点をとれたし、学校の誰よりも速く走れた。ハットトリックもできたし、一四〇キロのストレートを投げることもできた。いざとなれば空さえ飛べた。そして、有村由布子は本当は、ぼくに恋焦《こ》がれていたのだ――。

小学校時代の自分の妄想を思い返すと、苦笑しかない。多かれ少なかれ子供とはそういうものかもしれないが、ぼくの場合は、それがいささか度が過ぎていた。人は誰でも、自らが思い描く理想の自分がいて、それは多くの場合、現実の自分とはかなりの開きがある。人はその差を埋めようとして努力するわけだが、中には理想像を描くだけで満足して、少しもその差を埋める努力をしない人間がいる。それが小学校時代のぼくだった。

大学時代、心理学の授業で、理想の自分と現実の自分との乖離《かいり》が大きすぎると、精神に異常をきたす危険があると習ったが、ぼくもあのまま大きくなっていたら、そうなった可能性がある。騎士団を作ったのは、そうした危険を無意識に回避したいという思いのあらわれだったのかもしれない。いや、逆に、妄想が昂《こう》じた結果なのかもしれないが――。

いずれにしても、「今日から勉強しよう」と三人であれほど強く誓ったにもかかわらず、帰宅した途端に忘れてしまうなどということは、結局のところ、ぼくの本気はその程度だったということだ。

しかしそれはぼくだけではなかった。陽介と健太もぼく同様まったく勉強していなかったのだ。翌日、三人でそのことを打ち明け合ったとき、互いに苦笑した。

ただ、正確に言えば、健太だけは教科書を開いていた（本人曰《いわ》くだが）。でも健太はその直後、いったい何をどうすればいいのか、茫然《ぼうぜん》としたというのだ。

「お、俺、算数が苦手だから、算数からやろうと教科書を見たんや。ほ、ほんなら、全然わからへんねん。一番最初のところが、もうようわからへん。ほ、ほんで、どうしてええのかわからへんようになって、や、やめてしもた」

ぼくと陽介は、自分のことは棚に上げて腹をかかえて笑った。

しかし、健太はすでにぼくらよりも一歩だけ早くスタートしていたのだ。それは単なる一歩ではない。学校のグラウンド整備に使う重いローラーを動かすときは、最初が一番つらい。顔を真っ赤にして力を込めてもやっと数センチ動くかどうかだ。ところがそれが一〇センチ二〇センチと動いていくと、ぐっと楽になる。

ぼくと陽介がドラクエで遊んでいるとき、健太は重いローラーを引こうとしていたのだ。

その日の放課後、学校を出たところで、「おーい、三バカ」と呼ぶ声が聞こえた。声の主は振り返らないでもわかった。ぼくらは知らないふりをしてそのまま歩いた。すると、後ろから足音が早足でぼくらに近づいてくるのがわかった。

「あんたたち、ほんとに模擬試験受けるの？　どうするの？」

壬生の顔は獲物《えもの》を見つけて舌なめずりしている猫のように見えた。

「どうするもこうするもない」とぼくは言った。「模擬試験を受けるだけや。模擬試験までまだ一ヵ月半以上ある。真剣にやれば、何とかなる。なせばなる、や」

「そうや。俺たちは、やればできるんや。潜在能力を出すんや」

「お、俺は、いつもお父さんとお母さんに、け、健太は、やればできる子、と言われてる」

健太もかぶせるように言った。

壬生は声を上げて笑った。

「バカバカしい。やればできるというのは、やればできた子に言う言葉やで。あんたら、今まで何もできたことがないやないの。何が潜在能力よ。一回でもその能力を発揮したことがあるん？」

　壬生の言葉は心にグサッと突き刺さった。やればできるというのは、やればできた子――か、言われてみれば、たしかにその通りだ。できた実績もないのに、「やればできる」と誰が保証してくれるのだ。そのとき、ぼくはずっと「やればできる」という言葉を心の中で言い訳にしていたのかもしれないと思った。

「三人寄れば文殊《もんじゅ》の知恵と言うけど、あんたらは三人の点数足しても、平均点にも到達しないんやないの」

　壬生は嬉しそうに言った。この女は他人を貶《けな》すことにかけては学校一だ。

　陽介が「まあ、一ヵ月半後を見てろよ」と言った。

「おっ、言うやんか」

「もし俺たちの誰か一人でも県でベスト一〇〇に入ったら、有村さんは見直すと思うぞ」

「あんたらって、どうしようもないバカやね。何もわかってへんのやね」

　陽介が「どういうことや」と訊いた。

「有村が見直したりするはずないやん。第一そんなこと全然考えてへんよ」

「どういう意味や」

「有村はあんたらに模擬試験を受けさせて、赤《あか》っ恥《ぱじ》をかかす気なのがわからへんの」

「でたらめ言うな」ぼくは言った。「お前は有村さんがそう言うのを聞いたんか」

「聞いてないけど、そんなの当たり前やない。普通の脳みそがあったら誰でもわかるやろ。三バカが必死で模擬試験に挑むなんて、コメディーやん。見ていて、こんなに楽しい見世物もそうはないで。それで、悲惨な点数を取ったら、爆笑やんか」

自分の顔が赤くなるのがわかった。壬生の言う通り、それは本当に滑稽《こっけい》な図だろうと思ったからだ。

「有村さんがそんなことを考えるはずがない！」

「たしかに有村ひとりの思いつきやないかもね」と壬生は言った。「大橋とか山根あたりが考えたのかもしれんけど」

たしかにあの二人ならありえない話ではない。妙に大人ぶっていて、ふだんから勉強のできない連中を見下している。それに騎士団に対して最初から攻撃的だった。

「大橋と山根なら、そういうことを考えついてもおかしくないな。うん、きっとそうや。有村さんは関係ない」

「何言うてるの。そうやとしても、有村が賛成しないと、あんたらに試験受けろって言わへんやないの」

「ちょっと待てや。それって、全部、お前の想像やないか」

壬生は悪びれもせずに「そうやで」と言った。

「全部でたらめやんか」

「ほんなら、せいぜい頑張れば」

「お前なんかに言われんでも頑張るわ」

壬生はじろりとぼくらを嘗《な》め回すように見てから、「ひとつ訊きたいんやけど――」

と言った。

「あんたら、ほんまに勉強してんの？」

それを言われた途端、ぼくらは黙ってしまった。壬生は呆《あき》れたような顔をした。

「信じられへん！　あれだけ大見得切ったのに、何もしてへんの？」

そう言われても、すぐに言い返すことができなかった。

「あんたたちのやる気って、そんなもんなん。いったい何なん？　さすがにこんなにバカだとは思わへんかったわ」

壬生の表情は軽蔑《けいべつ》するというよりも憐《あわ》れんでいるかのようだった。いや、不思議なことに、どこか悲しげにも見えた。

「多分、あんたらは一月半後、目も当てられない点数を取って笑いものになるんやろうけど、へへへって笑ってすましちゃうんやろうね。あーあ、バカはからかっても少しもおもろないわ」

壬生はそう言うと、手を振って行ってしまった。

「壬生のやつ、ほんまに腹立つ！」

陽介が道路に転がっていた空き缶を蹴《け》ると、健太が「な、殴ってやろうか」と言った。

「やめとけ」とぼくはたしなめた。「壬生には勝たれへん」

陽介は「三人でかかれば勝てるさ」と言ったが、すぐその後で自分の言葉の恥ずかしさに気付いたのか黙った。ぼくと健太も聞かなかったことにした。

ぼくはといえば、壬生に腹を立てるよりも、自分に腹を立てていた。壬生の言うとおりだったからだ。一月半後、悲惨な点数を皆に笑われ、へへへ、と笑っている自分の姿が見える気がした。

「今日から真剣に勉強する！」

ぼくは宣言した。

「お、お、俺かって」

「壬生のやつを見返したるんや」

二人とも壬生の言葉にショックを受けているのがわかった。

ぼくらはこの日も秘密基地には向かわずに解散し、それぞれ家に帰った。

帰宅を急ぐぼくの頭の中には、早く勉強したいという思いしかなかった。そんな気持ちになったのは初めてだ。

しかし、帰宅してからのぼくの行動を、ここに書くのはつらい。実に情けなく恥ずかしいことだが、この日もぼくは教科書を一ページも開かなかった。いや、開く気がなかったわけではない。いったん休憩してから気合を入れて一気にやろうと思っていたのだ。それだけは信じてもらいたい。

ただ、なかなか気合が入らなかったのだ。そんな自分にイライラしていたし、それでは駄目だという気持ちもあった。だからテレビを見ていても、ドラクエⅢをしていても心から楽しめなかった。結局、教科書をまったく開くことなく、夜、布団《ふとん》に入るときの罪悪感と言ったらなかった。明日こそは、絶対に勉強する！　と強く心に誓った。

しかし翌日もその翌日も、結局、教科書は一度も開かれることはなかった。

笑うべきかホッとするべきか、これは陽介と健太も同じだった。二人といると、

「勉強ってなかなかやる気にならないよな」と言って笑ったが、一人になると、もの

すごい自己嫌悪《けんお》に襲われた。にもかかわらず、家に帰ると、相変わらず教科書は開かれず、テレビやゲームや漫画ばかりだった。

こうして週末の貴重な時間を無駄に過ごした日曜日の夜、自分は本当に駄目な奴《やつ》だと心底思った。勉強ができないだけではない。教科書さえ開くことができない人間なのだ。何が「やればできる」だ。なにもやれない人間には、なにもできるはずがない。

壬生はその点でも正しかった。

十二歳の夏、自分は人生の落伍者《らくご》になるだろうという絶望的な予感を、無意識にではあったがはっきりと覚えた。自分は大人になっても何も成しえないだろう。サッカーでハットトリックなど絶対にできないし、生まれ変わっても一四〇キロのストレートなんか投げられるわけがない。教科書さえ開くことができない人間に、何ができるだろうか。

今ならわかる。そしてこう言える。人生の成功者は、優先順位を間違えない人間だと。簡単に言えば、「今やるべきことをやる」――これができる人間は成功を収める。たとえ運が悪くとも、人生のはずれ馬券を掴《つか》むことはない。書店に行けば、「成功者になるための十の法則」やら、「社長がいつもやっている七つの習慣」みたいな本が山のように並んでいる。そんな本を買う人間は、それらの本の中には成功のための魔法の呪文《じゅもん》のようなものが書かれていると信じている。自分もそれを唱えれば、たちどころに成功者になれると。

バカバカしい。そんな呪文が千円やそこらの本に書かれているなら、それほど安い買い物はない。成功へのただ一つの道であり、しかも最高の法則は、「今やるべきことをやる」――それだけだ。

もう騎士団は解散しようと思った。明日の月曜日、陽介と健太に解散を告げるんだ。

8

しかし週明けの月曜日、陽介と健太と会って、二人も同じようにゲームばかりしていたと聞いた途端、三人とも駄目なのは自分だけじゃないという安心した気分になって、騎士団解散のことも忘れて、三人で大笑いした。

その日の昼休み、有村さんに「勉強ははかどってる?」と訊かれた。

ぼくはドキッとしたが、まあまあと答えた。すると有村さんのそばにいた大橋が「算数は五年生からやってるんじゃないの?」と下手くそな標準語でからかうように言った。その言い方にも腹が立ったが、実際のところ、五年生の問題も危ういのは事実だった。

「三人のうち誰が模擬試験でドベを取るか見物《みもの》だな」

山根が追いうちをかけるように言った。

「ちょっとくらい勉強ができるからって調子に乗るなよ。ガリ勉野郎が」

ぼくは言い返した。大橋が口元でにやりと笑いながら「何だと」と言った。

「いっつもいっつも有村さんのそばにべったりくっつきやがって」

大橋の顔色が変わった。やばいと思った。

「お前、殴られたいのか」

大橋が立ち上がって、ぼくの前にやってきた。大橋はぼくよりも一〇センチは背が高い。おまけに運動神経もいい。ドラマなどに出てくる秀才はひ弱なことが多いが、現実は必ずしもそうではない。大橋は勉強も運動もできた上に、空手を習っていてケンカも強かった。ひ弱なのは、勉強も運動もできないぼくの方だ。

「謝れよ」

大橋は左手でぼくの胸倉《むなぐら》を摑み、右手の甲でぼくの鼻を殴った。鼻の奥がつんとした。本気のパンチではなかったが、謝らなければ、次は本気で殴るぞという意志が込められていた。

ぼくは小さな声でごめんと言った。この声が有村さんに聞こえていないことを願った。しかし大橋は聞こえていないぞという風に、「ああん?」とすごんだ。

「――ごめんなさい」

大橋はふんと言って胸倉を摑んでいた手を離した。

陽介と健太がぼくに駆け寄って「大丈夫か」と言った。鼻の下に指をやると、うっすらと鼻血が流れていた。しかしそんなことよりも、有村さんの前で大橋に謝らされたことが悔しくて、目に涙がにじんだ。

この屈辱感は放課後になっても消えなかった。

この日くらい真剣に勉強しようと思ったことはない。なんとしても模擬試験で大橋を見返してやるのだ。大橋に勝つことは無理でも、せめて恥ずかしくない点数は取りたい。

陽介と健太も同じ気持ちだったはずだ。それでその日も秘密基地には向かわずに、三人とも学校からまっすぐに帰宅した。

しかし情けないことに、ぼくはこの日も勉強しなかった。机に向かった途端、教科書を開くよりも前に「少年ジャンプ」を開いた。勉強前にひとつだけ、と思って読んだのだが、気付いたら全部読んでしまっていた。それが終わると、今度はドラクエに手が伸びた——。

翌日も教科書はまったく開かれなかった。大橋に味わわされた惨《みじ》めな気持ちを思い出してやる気を引き出そうとしたが、時間が経《た》つと、あんなのはたいしたことではないと思えてきて、やる気のバネにはならなかった。結局、一日なんの勉強もせず、夜、布団に入ったときに再びものすごい自己嫌悪に襲われた。

その夜、夜中に目が覚めた。暗い部屋の中で、自分がこのまま暗黒の世界の中に閉じ込められていくような錯覚に陥った。こんな気持ちは初めてだった。

翌日の放課後、ぼくは二人に「一緒に勉強しないか」と言った。

「考えたんやけど——ひとりでやっていたら、どうしてもさぼってしまう。そやけど、三人おったら、さぼれへんのやないか。ほんで、算数なんかでわからへんところがあっても、三人おったらなんとかなるかもしれへん」

陽介が「ほうほう」と感心したようにうなずいた。

「そやから、今日から三人で勉強せえへんか」

ぼくの提案に二人は賛成してくれた。

「お、俺、思うんやけど」健太が言った。「ク、クイズ形式で、やったらどうかな。

ひ、ひとりが問題を出して、ふ、ふたりが解く。そ、それを順番にやって点数を競うんや」

「お。それ、面白い。ゲームみたいで楽しいやん」と陽介が同意した。

「どこでやる？」

陽介と健太が同時に「秘密基地」と答えた。

ぼくらはいったん家に帰って、理科と社会の教科書を取ってから、自転車で松ヶ山に向かった。

数日前に来たときはまだまばらだったセミの声も、今や松ヶ山全体に鳴り響いていた。扉を閉めていても竹の空気穴を通して聞こえてくるほどだった。

秘密基地で、一人が教科書を見て出題し、二人が答えるというやり方で、五問ずつ交代でクイズを出し合った。やってみると意外なほど楽しかった。学校のテストだと嫌なだけだが、このやり方だとクイズ合戦みたいで面白い。それに問題を出すほうも答えるほうも勉強になる。途中から買ってきたお菓子を賭《か》けたが、そうするとさらに面白さが倍増した。

結局、二時間ほどやった。これはぼくら自身を驚かせた。三人ともこんなに長い時間、教科書と睨《にら》めっこしたことはない。三人の中で一番点数が高かったのは健太だった。次はぼく、三位は陽介だ。

「よーし、次は二位になるぞ！」陽介が言った。

「一位を目指すんじゃないのか」

「こういうのは一歩ずつだ」

ぼくと健太は笑った。

家に帰ってからも、社会と理科の教科書を開いた。次に陽介と健太が出してくる問題を予測するためだ。家で教科書を開いたのは、六年生になってから初めてのことだった。

翌日に、陽介と健太も同じことをしていたと知って驚いた。その日は放課後、誰もいない教室に居残って、クイズ方式で問題を出し合ったが、昨日よりもはっきりとレベルが上がっているのを三人とも感じていた。

「これ、面白いな」陽介が言った。「なんか初めて勉強が楽しくなってきたよ」

「そ、そやけど、さ、算数と国語は、そ、そういうわけにはいかへんな」

健太の言うとおりだった。国語は漢字や熟語はクイズ方式でやれたとしても、文章の意味を読み取る問題はそうはいかない。算数も同様だ。というより、算数は教科書を見てもよくわからなかった。

「算数が鬼門《きもん》やな」ぼくが言った。

「鬼門どころやないで」

これぱかりは各々《おのおの》で解決するしかなかった。陽介が「分数を教えてくれへんか」と言ったが、ぼくにしても健太にしても、陽介に教えるほどの力はない。それを言うと、陽介は泣きそうな顔をしたが、ぼくらにはどうしようもなかった。


その日の帰り、二人と別れたぼくは、ふと算数の参考書を買おうと思い、商店街の本屋に向かった。ところが本屋は閉まっていた。仕方なく向きを変えて帰ろうとした。そのとき、本屋の隣のレコード店から一人の男が出てきたのを見て、足が止まった。その顔は絶対に忘れられない顔だった。四年前の神社の祭りの夜、父を殴り倒した男だ。

男はマックスと呼ばれている札付きの不良だった。これは事件の後、同級生に教えてもらったことだ。本名は知らない。噂《うわさ》ではケンカで少年院に入ったこともあるということだった。あれ以来、町で何度か見かけたことがある。今は高校生の年代のはずだが、学校へは行っていないようだった。

髪の毛をリーゼントにし、そこに深い剃《そ》り込《こ》みを入れ、眉毛《まゆげ》は薄く剃っていた。アロハみたいな派手なシャツを着て、腰にはチェーンをぶら下げ、全身で「俺に近づくなよ」というサインを発していた。

ぼくはいつかマックスに復讐《ふくしゅう》してやると心に誓っていた。今はまだ子供だから無理でも、大人になれば必ずやっつけてやると決めていた。だから町で彼を見かけたときには、その顔を忘れないように頭に叩《たた》き込んでいた。

マックスを見たのはおよそ二年ぶりだったが、見逃すことはなかった。しかし顔つきはかなり変わっていた。少年の顔から大人の顔になりかけていたのだ。心に不安がよぎった。次に見るときにはもっと顔が変わっているかもしれない。そうしたら、もう彼だとわからないかもしれない。

ぼくはマックスを尾行しようと決めた。もしマックスが家に帰るところなら家を突き止められる。そうすれば名前もわかる。いずれ復讐するときに大きな手掛かりになるだろう。

とはいえ、そのときのぼくに、本当に復讐する気があったのかは疑問だ。いずれ復讐してやるという気持ちを持ち続けることで、自分を支えていただけかもしれない。

マックスは肩をいからせてゆっくりした歩調で歩いていた。ぼくはその二〇メートルほど後ろを歩いた。五分ほど歩いて天羽西公園に入ったとき、突然、マックスは振り向くと、どすの利《き》いた声で言った。

「おいガキ、さっきからなんで俺のあとを尾《つ》けてんねん」

ぼくは体がすくんだ。なぜ、尾行しているのがわかったのだろう。背中に目でもついているのか。

「お前――見たんか」

マックスはそう言いながらゆっくり近づいてきた。

「見たって――何を？」

ぼくは震える声で言った。マックスはシャツの下からレコードを取り出した。彼はレコードを万引きしていたのだ。

「――泥棒」思わず言葉が口をついた。

次の瞬間、マックスはさっと距離を詰めると、いきなり右手でぼくの胸倉を摑んだ。その力は強く、右腕一本でぼくの体を持ち上げた。自分のつま先が地面から離れるのがわかった。同時に息ができなくなった。全身に恐怖が走った。ぼくはマックスの右手を摑んで足をバタバタさせたが、逃れることはできなかった。

「天羽小のやつか。名前、言え」

喉《のど》が詰まって声を出せないことがかえってよかった。もし肩を摑まれていたら、怯《おび》えて名前を言っていたかもしれない。

「名前を言わんかい！」

そのとき、「おまわりさーん！」という女性の声が聞こえた。

「こっちです、早く来てください！」

マックスはぼくから手を離すと、素早く走って逃げた。ぼくは地面に両手をついて、はげしく咳《せ》き込んだ。それから大きく深呼吸した後、周囲を見た。男の姿はどこにもなかった。警官もいなかった。その代わり、傍らに壬生紀子が立っていた。

壬生はじっとぼくを見ていた。

「警察を呼んだんは、壬生か」

「呼んでないけどね」

壬生がでたらめを言ったのがわかった。ぼくは無言で立ち上がった。

「大丈夫なん？」

ぼくは聞こえないふりをした。恥ずかしくてたまらなかった。マックスに胸倉を掴まれて何もできない無様な姿の一部始終を、よりにもよって一番見られたくないやつに目撃されてしまった。しかし、壬生がいたおかげで助かったのも事実だ。

「あいつは泥棒や」とぼくは言った。「レコードをぱくってた」

「盗むところを見てたん？」

ぼくはうなずいた。

「嘘《うそ》やろ。遠藤はレコード店に入ってないやない。あの男がレコード店から出てきたときに、向きを変えて男の後を尾けたやんか」

そこから壬生に見られていたのだ。

「別に尾けたわけやない」

「遠藤の家とは方角が違うやんか」

そのとき、この公園は壬生の家とも方向が違うことに気が付いた。

「お前、ぼくの後を尾けたんか」

「うん、まあね」

「なんでや」

「単なる好奇心や。もしかしたら、遠藤が何か怪しいことやらかすんやないかと思て——」

壬生は暇にまかせてぼくの面白いネタでも探すために後を尾けたのだ。腹が立ったが、そのおかげで助かったのだから文句を言えた筋合いではなかった。

「まさか、こんなことになるとは思てへんかった。あの男と何かあったたん」

「何もないよ。ぼくにもわけがわからへん」

壬生がぼくの言葉を信用していないのはわかった。しかしそれ以上何も言わなかった。

ぼくは少し調子が狂った。いつもの壬生なら、いろいろと聞いてくるはずだ。さんざんからかいの言葉を投げつけながら。

「壬生はなんでぼくを助けてくれたんや。ぼくがやられているのを黙って見ていたらよかったのに。ぼくのことが嫌いなんやろ」

「嫌いなんはたしかやね」

壬生は言った。「遠藤が同級生のやつらにやられているなら、黙って見てたよ。でも大人にやられているのは見てられへん」

そのとき、壬生自身も大きな危険を冒したことに気が付いた。マックスが慌《あわ》てて逃げたからよかったものの、もし冷静になって周囲を見渡して、警官が来たというのは嘘だということがわかったら、どうなっていたかわからない。マックスが本気で殴ったら、壬生は大怪我《おおけが》を負ったかもしれない。そう思ったとき、ぼくには目の前の壬生がすごく勇気のある女の子に見えた。嫌いな男子を助けるために危地に飛び込んだのだ。

ぼくはありがとうと言おうとしたが、壬生に向かってそれを口にするのはプライドが邪魔してなかなか言えなかった。

結局、ぼくが何も言わないうちに、壬生は黙ってその場を立ち去った。

一人になってから、あらためて一連の出来事を振り返った。さっきは壬生の行動を、嫌いな男子を助けるために、自分を危険に晒《さら》すような行いをしたと考えたが、実際はたいした覚悟もなく、咄嗟《とっさ》に声を上げただけかもしれないと考えた。女子というのはそういうところがあるものだ。そう思うと、少し心の負担が減った。

だが、やはり壬生に無様なところを見られたのは恥ずかしかった。男に胸倉を摑まれて持ち上げられて、両足をバタバタさせている様は、傍《はた》から見れば滑稽な姿だっただろう。壬生のことだから、またそれを悪口のネタにするに違いない。今頃、ぼくの姿を思い出して笑っているかもしれない。それならば、後を尾けて歩いた甲斐《かい》があったというものだ。

翌朝、登校するときに校門の前で壬生に出会った。早速何か言われるぞと身構えたが、壬生はちらっとぼくを見ただけで何も言わなかった。

結局、その日一日、壬生はぼくに何も言わなかった。絶対に何かからかってくると思っていただけに、少し拍子抜けした。ぼくとしては昨日の無様な姿をからかわれるのは仕方がないと思っていた。動機はどうであれ、壬生も危険を冒して声を上げてくれたのだ。ぼくをからかうくらいの権利はあるだろう。

人生はささいなことで、大きく振れる。しかしその渦中《かちゅう》にあるときにはそれがわからない。何年も経って振り返ったときに初めて、あのときがターニングポイントだったのかと気付くものだ。ぼくの人生はレコード屋でマックスを見かけたときから大きく動いていたのだが、もちろん、そのときはそんなことはまったくわかっていなかった。

9

公園での一件があった二日後の土曜日、秋に行われる天羽祭で上演する演劇の配役が決まることになった。

天羽祭は簡単に言えば文化祭で、天羽小学校では大きな催しだった。出し物はクラスによって異なる。ぼくらのクラスは演劇をやるということが先月に決まっていた。演目は「眠れる森の美女」のミュージカルだ。これは天羽小学校では毎年演じられているもので、倉庫には何年も使われている大道具や小道具があった。芝居部分よりも圧倒的に歌の部分が多く、練習が楽だったということもある。

四時間目のホームルームの時間に配役を決めることになった。主役のオーロラ姫が有村由布子になるのはわかっていた。ぼくと陽介と健太は彼女と同じ舞台に立ちたかったので、王宮の従者に手を挙げようと決めていた。本当はフィリップ王子の役をやりたかったが、それは恐れ多いことだったし、そもそもやりたいと言い出す勇気なんかなかった。

安西先生は言った。

「最初にオーロラ姫から決める。誰か立候補したい人はいるかな」

手を挙げる者は誰もいなかった。

それは当然だ。有村由布子がいるのに、自ら名乗りを挙げる女子なんかいるはずがない。たとえ有村さんがいなくても、主役に立候補する女子はいないだろう。ここは子役の芸能人が何人もいる都会の小学校じゃない。まあ、安西先生もそんなことは承知していながら、段取りを踏んだに過ぎない。

「じゃあ、推薦したい人はいるかな」

すかさず男子の誰かが手を挙げて、「有村さん」と言った。

先生はうなずいて、黒板に「有村」と書いた。

「他にはいるかな?」

先生がそう言ったとき、水谷が手を挙げた。

「壬生さん」

教室にざわめきが起こった。ぼくは思わず水谷を見た。彼女は有村由布子の侍女のひとりだ。どういうことだ。侍女の反乱でも起こったのか。

先生は黒板に「壬生」と書いてから、「他に推薦したい人はいるかな」と言ったが、誰も手を挙げなかった。

「じゃあ、今から多数決で選ぶ」

ぼくは有村由布子を見た。彼女は侍女の反乱にもかかわらず悠然としていた。その自信に満ちた顔は、いつもの通り素敵だった。

「まず、有村がいいと思う人」

男子の全員が手を挙げた。もちろん、ぼくも手を挙げた。ところが驚いたことに、女子は誰も手を挙げなかった。

この成り行きに先生も戸惑ったようだが、ぼくはそれ以上に混乱した。いったい何が起こっているのだ。

先生は挙手した数を数え、黒板に「18」と書いた。再び教室がざわめいた。ぼくのクラスは三十九人だが、女子が三人多い。

「次、壬生がいいと思う人」

女子の全員が手を挙げた。いや、正確に言えば、壬生を除く全員だ。有村さんも手を挙げていたが、その手は弱々しかった。

先生は黒板に「20」と書いた。男子たちは声にならない声を上げた。

「ひとり、手を挙げていない者がいるな」

先生は言った。全員が壬生を見た。壬生の顔は青くなっていた。そんな壬生を見たのは初めてだ。

「有村に手を挙げます」

壬生は言った。先生は有村さんの名前の下に書かれた「18」という数字を「19」に書き直した。それでも結果は変わらない。再び教室はどよめいた。

「静かに！」

先生は大きな声を出したが、教室のざわめきはおさまらなかった。

ぼくは女子を見渡した。彼女たちは口元に明らかに笑みを浮かべていた。それを見たとき、真相を察した。壬生をオーロラ姫に推薦したのは、女王に対する反乱ではなく、女子が結託して壬生に恥をかかそうというものだったのだ。

オーロラ姫のイメージから最も遠い女子は壬生紀子だ。髪の毛は短くぼさぼさ、いつも薄汚れたジーパンを穿《は》き、汚い言葉を使う。おまけに鼻の下には髭《ひげ》のような濃い産毛《うぶげ》が生えている。おそらくクラスの女子たちはいつも壬生にやられている仕返しを、彼女にオーロラ姫の役を押し付けることで果たそうとしたのだ。

でも待てよ——と思った。この計画を有村由布子は知っていたのだろうか。侍女たちから相談されたとき、何と言ったのだろうか。その作戦にゴーサインを与えたのだろうか。有村さんも壬生に恥をかかせるのはいい気味だと思ったのだろうか。有村さんはオーロラ姫を演じたくなかったのだろうか。

安西先生もこの結果は明らかに何か意図的なものであると感じたようだが、何も言わなかった。女子生徒たちの複雑な問題に、下手に入り込む愚は犯さないでおこうと思ったのかもしれない。安西先生にしては珍しいことだった。

「では、オーロラ姫は壬生に決まった」

先生の言葉にクラスがまたどよめいた。

ぼくはもう一度壬生を見た。壬生の顔は今度は赤くなっていた。彼女も女子たちの悪意がわかっただろうし、同時に追い込まれた自分の立場を知ったのだろう。口元はぐっと結ばれ、目には怒りと屈辱感があらわれていた。

有村さんは無表情だった。

「じゃあ次は、フィリップ王子役だが、誰か立候補するものはいるか」

安西先生が言い終わる前に、ぼくは手を挙げた。先生もクラスの皆も呆気《あっけ》にとられたような顔をしていたが、一番驚いていたのはぼく自身だったかもしれない。

このときの自分の気持ちは上手《うま》く説明できない。半ば反射的に手を挙げていたからだ。もしかしたら二日前に壬生に助けられた恩を返さなくてはならないと考えたのかもしれない。しかし一瞬でそこまで頭を巡らせたのかは自分でもよくわからない。実際に、ぼくが王子に立候補したとしても、そのことが直接的に壬生を助けることにはならないからだ。

ただ、壬生だけを恥ずかしい目に遭わせるわけにはいかないと思ったのはたしかだ。あのとき、公園で壬生がぼくを助けるために咄嗟に声を上げたように、壬生と一緒に恥をかいてやろうと思ったのだ。

王子役をやりたいという男子はぼく以外にいなかった。当然だ。誰が壬生とラブシーンを演じるというみっともない真似《まね》をしたがるだろうか。というわけでオーロラ姫は壬生紀子、フィリップ王子は遠藤宏志という予想外の配役となった。

その他の端役《はやく》は生徒たちの推薦と先生の推薦で決まった。陽介は王宮の兵士の役、健太はその他大勢の合唱団のひとりだった。有村由布子はオーロラ姫の母親の王妃役だった。威厳はあったが目立つ役ではない。

ホームルームが終わったとき、ぼくの席に壬生がやってきた。

「なんで、王子役になんか立候補したん？」

「王子役は騎士にしか務まらへん」

壬生は「えっ」と言った。

「騎士団を作ったときから、王子役をやると決めてたんや」

「――あんた、頭おかしいんやないの」

ぼくは舌を出してやった。壬生は一瞬、間の抜けたような顔をした。初めて壬生をやっつけてやったみたいで気分がよかった。

「ヒロ、どういうつもりや」

教室を出たとき、陽介と健太がやってきて言った。フィリップ王子の立候補についていって言っているのはわかった。

「そのことは秘密基地で言うよ。今日、時間あるか？」

二人はうなずいた。

ぼくらはそれぞれいったん家に帰り、自転車で松ケ山に向かった。秘密基地の近くまで来ると、誰にも見られていないのを確認して、藪《やぶ》に自転車を隠し、雑木林の中に入った。

基地の中に入ると、扉を閉めて、蠟燭《ろうそく》に火をつけた。

ぼくは二人に先日の公園での一件を喋《しゃべ》った。このとき、祭りの夜の一件と、マックスにいつか復讐したいという気持ちをずっと持っていたことを、初めて打ち明けた。

話し終えたとき、陽介が口を開いた。

「ヒロのお父さんがやられた話は俺も知ってた」

健太も黙ってうなずいた。実はその話はクラス中が知っていて、最近はもう誰も言わなくなったが、四年生くらいまでは、よくそのことをからかわれた。「お前の父ちゃんは弱虫やな」と言われるときくらい、悔しくて情けないことはなかった。でも、陽介と健太は一度もそのことを話題にしたことはない。ぼくが二人を好きな理由のひとつだ。

「ヒ、ヒロは、そんな気持ちを持っていたんやな。な、なんで、今まで言わへんかったんや。お、同じ騎士団やのに」

「言うきっかけがなかったんや。ぼくかていつもそれを考えているわけやない。ていうか、ふだんは忘れてるんやけど、この前は偶然にマックスを見たんや」

二人は黙ってうなずいた。

「もし、壬生がおらへんかったら、ぼくはどんな目にあわされたかわからへん」

「なんで壬生はヒロを助けたんや？　ヒロのことを嫌ってたはずなのに」

陽介が疑問を口にした。

「大人にやられるのは見ていられなかったと言うてた」

「い、いいやつなのかもしれないな、壬生は」健太が言った。

「王子役はそういうことやったんやな」と陽介は納得したようにうなずいた。「ヒロはそれで壬生に恩返しをしたわけやな」

ぼくは首を横に振った。

「こんなことは恩返しにもなってへん」

「い、いや、恩返しになってるで」健太が言った。「り、立派な恩返しや」

「ヒロ、お前、男らしいな」

「そんなことないよ。ぼくが王子役になったことで、壬生は余計恥ずかしい思いをしたと思ってるかもしれん」

「まあ、壬生の気持ちなんかわからんな。類人猿みたいなやつやから」

陽介の言葉にぼくと健太は笑った。

「それにしても、女子のやり方はひどいな」と陽介は言った。「壬生にオーロラ姫の役を与えて、恥をかかそうとしたんやで。まさか、有村さんの考えやないやろな」

ぼくは言下に「それはない」と断言した。

「あの瞬間、ぼくは有村さんを見たんや。有村さんの顔は喜んでいる顔やなかった。ほんで、今日の帰り、水谷らとは一緒やなかった。もしかしたら、有村さんは水谷がやったことに怒ってたんかもしれん」

「そやけど、有村さんも壬生に手を挙げてたで」

「自分で自分に手を挙げるわけにはいかんやろ」

「そらそやな、ほんなら、有村さんが怒っていたのはオーロラ姫をやれへんかったからか」

「そうかもしれんな」

そのとき、陽介が「あっ」と声を上げた。

「なんや」

「『眠れる森の美女』は、オーロラ姫とフィリップ王子のダンスのシーンがあるんやぞ」

そうだった！　二人が抱き合って踊るそのシーンは劇の見せ場のひとつだ。しかも森の中のシーンとエンディングのシーンの二ヶ所もある。

「お前、壬生と踊るんやで。しかも抱き合って」

想像した瞬間、背中に寒気が走った。あのおとこおんなと抱き合って踊るなんて、こんな恥ずかしいことはない。おそらく今後十年はそのことでからかわれるだろう。

去年は背の高い美男美女がオーロラ姫とフィリップ王子の役をやり、素晴らしい踊りで会場を魅了した。今年は逆の意味で語り草となるだろう。

「写真に撮ったるわ」

陽介がそう言って笑った。

「れ、歴代、最悪の王女と王子のコンビになるで」

健太も笑いころげた。

10

翌週の月曜日、最初の演劇の練習があった。

指導担当は音楽の沼田先生だ。四十過ぎの女性教師で、毎年、「眠れる森の美女」の合唱と振り付けを担当している。明るい天然ボケみたいな先生で、入学式や卒業式の校歌斉唱でもひときわ大きなソプラノで歌っている。

一回目の練習は、いきなりぼくと壬生の踊りのシーンから始まった。まず、沼田先生がオーロラ姫役となり、ぼくと踊った。

最初はオーロラ姫が森の中で歌いながら一人で踊る。それを木陰から見ていたフィリップ王子がオーロラ姫に近づいて、そのまま自然な流れで二人で踊るというものだった。

沼田先生はラジカセのカセットテープで音楽を流し、踊り始めた。まるまると太った沼田先生が歌いながら踊る姿に、男子も女子も一斉に笑った。ぼくも笑った。でも沼田先生は完全に自分の世界に入り込んだかのように踊っていた。

沼田先生は踊りながら、ぼくを手招きした。ぼくの出番らしい。おずおずと近づいたぼくの手を取ると、沼田先生は振り付けの指示を与えながら踊った。ぼくはさながら操り人形のようだった。見ていた生徒たちはげらげら笑った。

ぼくはそれが嫌でたまらず、投げやりな感じで踊ったが、沼田先生には「真面目《まじめ》にやりなさい」と注意された。

踊りの途中、沼田先生はぼくに体を預け、仰向《あおむ》けに倒れるような姿勢をとった。でもとてもじゃないが沼田先生の重い体を両手で支えることなんかできない。沼田先生もそれがわかっていて、ブリッジの姿勢をとって倒れないようにしながら、「ここは、実際には、王子が両手で姫を抱えるのよ」と言った。クラス全員が腹を抱えて笑った。

ぼくはもう踊りなんかやめて体育館から飛び出したくなったが、次にもっとおぞましいことがあった。二人でくるくると回ってから、最後にフィリップ王子が姫を力強く抱きしめるという場面で、沼田先生の顔がぼくの顔にくっつきそうなくらいそばにきたのだ。そのシーンで、女子たちの「イヤー」という声が聞こえた。もしかしたら二人がキスしたように見えたのかもしれない。ぼくは顔から火が吹き出そうだった。

沼田先生は踊りを中断すると、「どう？　後ろから見てると、本当にキスしたように見えるでしょう」と笑いながら言った。そして「これが今年の新しい振り付けで、観客も驚くはずよ」と自慢気に付け加えた。やめてくれよ！　とぼくは心の中で叫んだ。なんてひどい振り付けだ。こっちの身にもなってほしい。

実はもう一つぞっとしたものがあった。抱き合うときに、沼田先生の大きなおっぱいがぼくの胸にあたることだ。ぼくはそのたびになにか気持ち悪いものに触れる気がした。

ぼくとの踊りが終わると、今度は沼田先生がフィリップ役になって、壬生と踊った。ぼくはひとまず解放されたことでほっとして、見物にまわった。

最初はオーロラ姫によるソロの踊りだ。音楽に合わせて壬生が踊った。クラスの生徒たちは待ってましたとばかり、一斉に笑った。ぼくへの笑いは本当におかしくて笑ったものだったが、壬生への笑いは明らかに嘲笑《ちょうしょう》だった。

だが、壬生は馬鹿《ばか》にした笑いの中で、投げやりな態度を見せず、怖い顔をして真剣に踊った。それはまるでクラスの生徒たちへ挑戦しているかのようだった。フィリップ王子役になった沼田先生を相手にした踊りになると、笑い声は一層大きくなった。

ぼくはすっかり憂鬱《ゆううつ》になった。沼田先生との踊りでもこれだけ嘲笑が起きるのだ。ぼくと壬生の踊りでは、どれだけの笑いが起きるかわからない。

しかし壬生はどれだけ笑い声が大きくなろうとも、恥ずかしがる素振りも見せずに黙々と踊っていた。そのとき、ぼくはあることに気付いてはっとした。壬生は沼田先生の踊りを一度しか見ていないにもかかわらず、その振り付けをほとんど完璧《かんぺき》にマスターしていたからだ。皆がそれに気づいていたかどうかはわからない。女子たちは相変わらず壬生の踊りをバカにしたように嗤《わら》っていた。ぼくの中で何かが吹っ切れた。もう皆の笑いなんか怖くないと思えた。

二人のレッスンが終わって、いよいよぼくと壬生の踊りになったとき、自分でも意外なほど落ち着いているのがわかった。

まずは壬生が一人で踊る。前よりもさらに上手くなっている。そして沼田先生の合図でぼくが近づく。壬生が不機嫌そうな顔でぼくの手を取り、二人で踊った。皆が大きな笑い声を立てるのがわかったが、もはや少しも気にならなかった。

ただ、ぼくが振り付けをちゃんと覚えていなくて、そのたびに沼田先生の指導の声が飛んだ。壬生は終始怒ったような顔で、しかしぼくをリードするように踊った。

壬生がぼくに体を預けるシーンになった。直前、壬生はちらっとぼくの顔を見たが、そのまま倒れるように体を預けてきた。ぼくは彼女の体を受け止め、両手で抱えた。思ったよりもずっと軽かった。生徒たちからはからかうような声が出たが、それに混じって、ほーという感心したような声が聞こえた。

振り付けの記憶はおぼつかなかったが、真剣に踊った。そうしなければ壬生に申し訳ないと思ったからだ。恥ずかしいなどという気持ちはとうにどこかへ消えていた。

抱き合うときに壬生のおっぱいが当たったらいやだなという思いがあったが、その心配は無用だった。というのは、壬生の胸は男子のように真っ平らだったからだ。

ラストの疑似キスシーンでは、壬生の顔が間近に迫り、かなりどきっとした。壬生の顔をそんなに近くで見たことはもちろんない。おかげで鼻の下の濃い産毛まではっきり見えた。やはり見物人からは本物のキスに見えるらしく、その瞬間は爆笑が起こったが、全然気にならなかった。どうせなら、もっと本物のキスに見えるようにやってやろうかと思ったくらいだ。

「はい、オーケー！」

沼田先生は大きな声で言った。

「壬生さんのオーロラ姫は完璧！　一回で振り付けを覚えるなんて、すごいわ。フィリップ王子もまずまず。あとは振り付けをきちんと覚えること。オーロラ姫に個人レッスンを受けたらいいわ」

その瞬間、また全員が爆笑した。

「アツアツの二人！」

「個人レッスンで燃えるぅ！」

男子から、ぼくと壬生を冷やかすようなセリフがいくつも飛び、そこに女子の笑い声がかぶさった。壬生が唇をかむのが見えた。

ぼくは見物人たちに向かって言った。

「お前らに言われなくても、壬生としっかり練習するよ。お前らこそ、後ろで下手くそな合唱するなよ」

男子たちは驚いた顔でぼくを見た。まさかぼくがそんなことを言うとは思ってもいなかったのだ。陽介と健太も目を丸くしていた。

しかし誰よりも驚いた顔をしていたのは壬生だった。


踊りの練習が終わった後は、合唱の練習だった。ぼくと壬生は合唱には入らないので、帰ってもいいということになった。陽介と健太を待っていようかとも思ったが、疲れていたので、先に帰ることにした。

靴置き場でズックに履き替えていると、壬生に名前を呼ばれた。

「さっきはありがとう」

壬生はぶっきらぼうに言った。

ぼくは「何のこと？」ととぼけた。壬生は何か言おうとした感じだったが、何も言わずにくるりと背を向けた。今度はぼくがその背中に「壬生」と呼びかけた。

「何か用？」

「お前の踊り、上手かったな」

「そうでもない」

「いや、沼田先生も褒めてたやないか」

「遠藤が下手すぎるんや」

「それはそうやけど、壬生が上手いことには変わりはないやん。沼田先生の踊りを見て一回で振り付けを覚えるなんて、すごいで」

「あいつらの前で、下手くそな踊りはしたくなかったから――」

さすが負けず嫌いの壬生らしいなと思った。ぼくは笑われることばかり気にしていた。それでも一度見ただけで新しい振り付けを覚えるなんて、なかなかできることではない。

「遠藤はもう覚えた？」

「いや、まだや。あんな複雑な踊り、一回で覚えられへん」

壬生は軽くうなずいた。

気が付けば、壬生と並んで歩いていた。この前の天羽西公園での会話は別にして、学校の外でこんな風に壬生と喋るのは初めてだ。

「なあ、壬生」

「何？」

「いつもぼくらのことをからかうけど、ぼくらに何か恨みでもあるんか？」

言いながら、壬生は特にぼくらだけをからかってるわけじゃないことに気が付いた。全方位的に他人に悪口を言うのだ。

「からかうのは恨みがあるからやと思てるの」

「そらそうやないか。恨みがあるから悪口を言うんやろ」

「ほんなら、あんたはわたしに『おとこおんな』って何度も言うたけど、わたしに何か恨みがあったわけ？」

思わず言葉に詰まった。たしかに壬生には恨みもないのに何度もからかったことがある。

「わたしが遠藤になにかしたことある？」

「たぶん——壬生がぼくに何か言うたんやと思う」

「わたしがいつ何を言うたのよ」

「そんなんすぐに思い出せへんわ。そやけど、壬生はいつも人の悪口を言うてるやないか。しかもものすごいことを」

「わたしは自分が悪口を言われた相手にしか言わへんよ」

「そやけど、今日も水谷を泣かしてたやないか」

昼休みに壬生と水谷が廊下で口ゲンカをして、水谷が泣いていたのを見た。ケンカの原因は多分、水谷が壬生をオーロラ姫役に推薦したことだ。

「王女役に推薦されたくらいで泣かすことはないやないか」

「文句を言うくらいええやんか。水谷が言い返してきたから、ケンカになっただけ」

そのとき、壬生が水谷に投げつけた言葉は、ぼくにも聞こえた。壬生はこう言ったのだ。「ドチビの一寸法師。一年生の教室に行け」と。水谷は背が低く、六年生なのに三年生くらいの身長しかなかった。それで水谷は泣いた。

「あんな言い方はないと思うで」

「水谷がわたしに何を言うたのかは、なかったことになってるんやね」

「何を言うたんや？」

壬生は答えなかった。それを見て察しがついた。

「そうか――お母さんのことを言われたんやな」

壬生は一瞬竦《すく》んだように見えたが、すぐに傲然《ごうぜん》と胸を張って言った。

「そう。お母さんのことを笑うやつには、どんなことでも言うてやる」

そうだったのだ。壬生が口ゲンカの際、相手の肉体的特徴を罵《ののし》るのはそういうときだった。そのときの壬生の言葉の激しさと言ったらない。

そのとき、ぼくは壬生に一度も父の悪口を言われたことがないのに気が付いた。彼女にはこれまでさんざんにこき下ろされてきたが、中学生にのされた父の無様な顚末《てんまつ》を笑われたことはない。その話は当然、壬生も知っていたはずだが、あれほど口の悪い壬生はそのことを一度たりとも口にしたことはない。その理由は、ぼくが壬生の母親のことをからかったことがなかったからだ。

壬生は、健太のどもりも陽介の家の生活保護も、からかったことがないことに気付いた。二人とも壬生の母親のことを笑ったことがなかった。この発見はちょっとした衝撃だった。なんというか、壬生が悪口を言うルールのようなものを持っていることに感心した。

今ならそれを「矜持《きょうじ》」という言葉で表現できる。壬生は十二歳にして誇りを持っていたのだ。同時に、やられたらやりかえすという徹底した生き方をしていた。決して無神経で鈍感な子ではなかったのだ。

壬生は踊りの練習のときも逃げなかった。絶対に投げやりな態度は見せず、どれだけ笑われても真剣に取り組んだ。そして見事な踊りを披露した。クラスの皆は笑っていたが、内心では感心していたはずだ。

ぼくは壬生紀子という人間を誤解していたのかもしれないと思った。同時に壬生に親しみを覚えた。いや、その表現は正しくない。正直に言えば、壬生に敬意を持ち始めていたのだ。

壬生と別れて一人になってからも、壬生のことがいつまでも心にあった。壬生の素晴らしい踊りが何度も脳裏に蘇《よみがえ》った。壬生がぼくに体を預けて倒れてきたときのことを思い出した。そしてラスト近くで壬生の顔がすぐそばに迫ったときのことを思い出し、胸がどきどきした。

帰宅してから、沼田先生に教えてもらった振り付けを頭の中でさらいながら、部屋の中で一人で踊った。次の練習までに完璧に覚えて、壬生をびっくりさせてやろうと思った。

11

翌日、教室に入ると、何人かの男子が口笛を吹いてぼくをからかった。

「フィリップ王子のお出まし〜」

「オーロラ姫がお待ちです」

そんな言葉にクラスの何人かが笑った。壬生はすでに窓際《まどぎわ》の席に着いていて、校庭の方へ顔を向けて聞こえないふりをしていた。

ぼくは壬生のところに行くと言った。

「昨日、あれから一人で練習したんやけど、ちょっと一緒に踊ってくれへんか」

壬生はぽかんとした顔でぼくを見た。周囲の者がどよめいた。

「一時間目まで、まだもう少しある。二人で踊るところをやってみたいんや」

壬生は何も言わずに立ち上がった。

ぼくが教室の後ろのスペースに移動すると、壬生は黙ってついてきた。

「おいおい、本当に踊るのかよ」

誰かが言ったが、ぼくはその声を無視して壬生の手を取った。二人で音楽のない中、昨日の踊りを再現した。

何人かがからかいの言葉を投げつけ、そのたびに笑いが起こったが、ぼくはそれらを無視して壬生との踊りに集中した。いつのまにか教室から笑い声が消えていた。

やがて始業のベルが鳴り、踊りはそこで中断した。わずか数分だったが、その練習は充実したものだった。ぼくの踊りは昨日とはまるで違ったと思う。そして壬生の踊りは——昨日よりもさらに躍動感に満ちた素晴らしいものになっていた。

それで授業中も、ずっと不思議な興奮が続いていた。

一時間目の授業が終わった後、陽介と健太がやってきた。

「おい、どうしたんや、ヒロ」

二人が朝の踊りのことを言っているのはわかった。

「おかしいか」

もし、陽介と健太が壬生と踊ったことをからかったりすれば、騎士団はただちに解散すると言うつもりでいた。

陽介はにやりと笑って言った。

「お前、かっこよかったぞ」

健太もうなずいた。ぼくは思わず立ち上がって、二人の手を握った。陽介と健太は最高だ。騎士団の解散なんて一瞬でも考えたことを、二人に謝りたいと思った。

「笑わんといてくれてありがとう」

「笑うはずないやないか!」

健太が珍しくどもらずに言った。陽介は「ヒロの勇気を見たよ」と言った。

ぼくは思わず「えっ」と聞き直した。勇気なんか出した覚えはなかったからだ。陽介は何か勘違いをしている。ぼくがそう言うと、陽介は「いや、勇気やで」と言った。

「勇気がなかったら、あんなことはでけへん」

そんなことはないと思ったが、このときの会話は後々までも記憶に残った。

四十三歳の今、皆の前で壬生と踊ったときの十二歳のぼくは、たしかにちっぽけながらも勇気を出していたとわかる。

そう、それは勇気の萌芽だった。

その日の昼休み、有村さんから声をかけられた。

「朝の踊りは素敵だったわね」

まさか有村さんに褒められるとは思ってもいなかったので、ぼくは有頂天になった。

しかしそれは次の一言で急速にしぼんだ。

「でも、私に忠誠を誓った騎士が、ほかの女子とあんなに楽しそうに踊るとは思っていなかったわ」

有村さんの目は明らかにぼくを非難していた。ぼくがフィリップ王子に立候補したことが、有村さんを不愉快にさせているとは思わなかった。

「――別に、壬生に忠誠を誓ったわけやない」

「それなら、教室で踊ることはないんじゃない」

有村さんは腕を組んで、ぼくを睨《にら》むようにして言った。ぼくはどう答えていいかわからなかった。教室で壬生と踊ることは、決して有村さんに対する忠誠を裏切ることとは思えなかった。でも、それを言えば、有村さんはさらに不機嫌になると思って言えなかった。

「本当言うとね」有村さんは腕を解いて言った。「ちょっぴり妬《や》けちゃったの」

「えっ」

「だって私の大切な騎士が、私以外の女の子と夢中になって踊るのを見るのは、楽しい気分じゃないわ」

有村さんはそう言って微笑《ほほえ》んだ。ぼくは一瞬混乱した。今、彼女はなんて言った？　妬けちゃったって——。遅れて喜びが全身を浸した。

「ところで、模擬試験の勉強ははかどってる？」

ぼくは小さな声で、はい、と答えた。

「頑張ってね。騎士団の皆さんには、すごく期待してるわ。とくに遠藤君には」

そしてもう一度微笑んだ。

その笑顔を見た瞬間、さらに真剣に勉強をしようと決意した。

放課後、再びミュージカルの練習があった。その日は、合唱と踊りの練習を同時にした。ぼくと壬生は合唱をバックに踊った。

最初は有村さんの目を意識して、踊りに気持ちが入らなかったが、壬生の真剣な踊りを見ているうちに、ぼくも真剣に踊らないと申し訳ないと思い、有村さんのことは頭から追い払って踊りに集中した。

壬生の踊りは朝と同じくしなやかで躍動感に満ちたものだったが、そこに女らしさのようなものはあまり感じなかった。というのも、壬生は髪の毛が男子みたいに短く、ズボンを穿いていたからだ。同じ事を沼田先生も感じたようで、「男の子同士が踊ってるみたいね」と言って笑った。

一時間の練習が終わって、ぼくと陽介と健太の三人が並んで帰っていると、壬生がやってきた。

「騎士団は試験のための勉強はしてんの？」

壬生はいきなりそう訊《き》いたが、いつもの「三バカ」とは言わなかった。もしかしたら朝の踊りの後のぼくらの会話を聞いていたのかもしれない。

陽介が「まあまあ」と答えた。

「あと一ヵ月ちょっとやで。まあまあで大丈夫なん？」

その言い方にはいつものからかう調子がなく、どちらかというと心配しているような響きがあった。

「理科と社会はまああやけど、算数がまだや」

とぼくは答えた。

「まだやってないということ？　それともまだよくわからないということなん？」

「両方やな」

壬生は少し黙っていたが、よかったら教えてあげようか、と小さな声で早口に言った。一瞬、聞き間違いかと思った。

「お前が俺らに算数を教えるって？」

陽介の言葉で、聞き間違いじゃなかったことがわかった。

「お、俺らのほうが、お、お前よりもできるぞ」

「わかった。ごめん」

壬生は謝った。壬生が謝る場面など今まであっただろうか。陽介と健太も驚いた顔で壬生を見ていた。

立ち去ろうとする壬生に、ぼくが声をかけた。

「算数を教えてくれへんか」

陽介と健太は、おいおい、と言った。

「正直、文章題というのがようわからへんねん。壬生はわかるか」

「少しは――」

陽介が、本当かよ、と小さな声で言った。

「マクドナルドのハンバーガーを奢《おご》るから、そこで教えてくれへんか」

「いいよ」

ぼくらは駅前のマクドナルドに行った。四人分のハンバーガー代はぼくが払った。三人は自分の分は自分で払うと言ったが、誘ったのはぼくだからと強引に支払った。実は、陽介と健太に対しては、朝、二人を疑ったお詫《わ》びの意味もあった。これで今月の小遣いの半分が消えたが、どうということはない。

壬生の算数の力は少しなんてものではなかった。健太が持っていた問題集をすらすらと解いた。それを見た健太は「ヒエー!」と声を上げた。

「こ、こ、これ、灘《なだ》中の問題やで。し、しかも難問というマークがついている」

「たまたまや」

壬生は謙遜《けんそん》したが、たまたまで解ける問題ではないことくらい、ぼくらでもわかった。

壬生は問題を解くだけでなく、解法をわかりやすく説明してくれた。それは学校の授業よりもわかりやすかった。

最初は壬生に対してやや距離を置いていた陽介と健太も、いつのまにか普通に壬生と会話するようになっていた。

「壬生は、どこか塾に行ってたんか？」

陽介の質問に壬生は首を横に振った。それからぼそっと「算数が好きやから」と言った。

一時間くらい算数の講義を受けた後、陽介が「俺たち、理科と社会のクイズ競争をやってるんやで」と言った。

「面白そうやね。どんなの？」

陽介が説明すると、壬生は自分もやりたいと言った。それで算数はひとまず置き、壬生を加えての社会のクイズ競争をやった。すると、壬生はぼくらの出す問題をほとんどすべて答えた。それどころか、壬生が問題を出すときには、教科書を見ないで出してきた——ぼくらが出すときは、教科書を見ながらでないと出せなかった。

クイズの途中から、陽介と健太の顔にも、壬生に対する畏《い》敬《けい》の念がはっきりとあらわれていた。もちろんぼくの顔にもあっただろう。

ぼくらはずっと、壬生は勉強ができないと勝手に思い込んでいた。というのも、授業中、先生にあてられても、たいてい不機嫌そうな顔で「わかりません」と言っていたからだ。試験の点数がいいとも聞いたことがない。しかし、それは壬生の独特の反抗心からきていたのだということが薄々分かった。おそらく壬生はかなりのひねくれもので、扱いにくい人間なのだ。

「壬生」と陽介は言った。「お前、女やのにすごいな」

「ほ、ほんまは、男やないのか」健太が言った。

壬生の表情が変わった。「それ、本気で言うてんの」

「い、いや、本当は、女ってわかってるよ」

珍しく陽介がどもった。

「そういうことやないの。男が女よりも優秀という思い込みが腹立つのよ。少なくともわたしよりもできない男に言われたくないわ」

今度は陽介と健太の顔色が変わった。

「まあああまあ」とぼくは言った。「陽介と健太は、壬生がそこらの男なんかよりもずっと優秀やということを言いたかったんや。ぼくらなんか束になってかかっても壬生にかなわへん。そやから怒らんといてほしい」

ぼくが頭を下げると、陽介と健太も「言いすぎて悪かった」と言った。

「わたしこそ、カッとなって言いすぎた。ごめん」

壬生が謝ったのは今日で二度目だ。前代未聞《ぜんだいみもん》のものを二度も見たことになる。不思議なことに、そのたびに距離が近くなる気がした。

「お願いがあるんやけど——」とぼくは壬生に言った。「これからも、ぼくらに算数を教えてもらえへんやろか」

これは陽介と健太の意向を聞かずに言ったことだが、二人から異議申し立てはなかった。

壬生は驚いた顔でぼくを見た。それから陽介と健太の顔を見た。二人はこくんとうなずいた。

「わたしにどれだけのことができるかはわからへんけど、騎士団が本気でリクエストするなら、やってもええよ」

健太が慌《あわ》てて「ほ、本気や」と言うと、陽介も「うん」と続けた。

壬生は「わかった」と答えた。

「やったー！」

陽介が店中に響くような大きな声を上げて、慌てて口をつぐんだ。それを見て壬生が笑った。

ぼくは「壬生、ありがとう」と今度は素直に口にできた。

「わたし、最初はあんたらが模擬試験で赤っ恥をかけばええと思ってた。ほんで思い切り笑ってやるつもりやった。でも今は——ちょっとでもいい点数を取ってほしいと思ってる」

それを聞いて陽介と健太はすごく嬉《うれ》しそうな顔をした。

壬生は店内の時計を見て、「もう帰らないと」と言った。

「もうちょっとええやん」

「家の支度をしないとあかん日やから——」

その言葉で壬生の母親のことを思い出した。多分、壬生は家事の多くをこなしているのだ。それを思ったとき、勉強に付き合わせて申し訳なかったと思った。

ぼくらは立ち上がって、壬生に一礼した。

「やめてよ」

壬生はそう言いながらはにかんだ。それを見ながら、壬生でもこんな顔をすることがあるんだと思った。

壬生が帰った後、健太が呟《つぶや》くように言った。

「み、壬生って、ええ奴《やつ》やったんやな」

「俺、友達になれそうな気がしてきたよ」

陽介の言葉に、健太もうなずいた。それを聞いて、ぼくは嬉しかった。

マクドナルドを出るとき、ぼくらは誰も「帰ったら勉強するぞ」とは言わなかった。でも、ぼくは勉強する気だったし、二人もそう思っているのは伝わってきた。

人は本気になったときには、わざわざそれを口にしないということを初めて知った。自らを鼓舞するようなことを言うのは、そうしないと弱い自分が出てしまうという不安があるときだ。ぼくらがこれまで威勢のいいことを言い合っていたのは、まさにそれだった。

帰宅すると、早速、算数の教科書を開いた。そして壬生に教えてもらった文章題の復習を始めた。壬生に言われた通り、同じ問題を反復して解いた。壬生は「わからないときは、解答を見ろ」と言っていた。

「本当はしっかり考えたほうがええんやけど、時間がもったいない。解答を見て、そのやりかたを覚えるほうが早い」

壬生の言われた通りにしたら、よく理解できた。それで初めてひとりで勉強に取り組むことができた。

ただ、これで勉強が楽しくなったと言えば嘘《うそ》になる。なにもせずにごろごろしているほうが二倍は楽しいし、マンガを読んだり、テレビを観《み》ているほうが一〇倍は楽しいし、ドラクエをやっているほうが一〇〇倍は楽しい。でも、以前より苦痛でなくなったのはたしかだ。それに、ゲームやテレビでは味わえない充実感のようなものがあった。この感覚はそれまでに味わったことのなかったもので、この後、より一層強く感じることになる。

大人になって理解したことがある。世の中には、一流大学に合格する人は勉強が好きな変わり者だと思っている人が少なくない。もちろん一部にはそういう人もいるだろうが、優等生にとっても、やはり勉強は面白くないのだ。ただ、彼らはその苦痛を充実感に変えたり、その結果得られることを、楽しさに変換しているだけなのだ。一流のスポーツ選手は激しいトレーニングを行うが、筋肉が負荷に悲鳴を上げ、溜《た》まった乳酸が「もうやめろ！」と叫び出すようなことが快楽のはずがない。それでもアスリートにとっては、それらはやはり「楽しいこと」なのだ。そこには達成感があるからだ。別の譬《たと》えで言うと、登山のようなものだろうか。一歩一歩足を動かすと、確実に上へ行く。テレビをどれほど観ようと、何時間ごろごろしようと、その達成感は味わえない。

もっとも、当時はそんなことにまで考えが及ばなかった。しかし体が本能的にそれを感じたのだ。そして、そんな経験は生まれて初めてのものだった。

正直に言えば、ぼくは今でも受験勉強などくだらないと思う。メンデレーエフの周期律表や、オームの法則、ヘレニズム文明の歴史的意義、微分《びぶん》積分の公式、平安時代の四段活用などを覚えて何になるのかと思う。研究者や技師には必要だが、ぼくらのような一般人にはまず人生で使うこともも応用することもない。それに理系の研究者にとっては、世界史や万葉集の知識は不要だし、法律学者に元素記号の知識は何の役にも立たない。だが、これらはアスリートにとってのトレーニングのようなものなのだ。筋肉に負荷をかけることによって肉体が強くなるように、精神と脳も負荷をかけることによって成長するのだ。

逆に子供時代や十代のころにそうした負荷をかけずに過ごした者は、社会に出て苦労することになる。大人になってから、いやな仕事や退屈な仕事を続けることに根気をなくす人をよく見たが、全員とは言わないまでも、そうした負荷を背負わずにきた人が多かったように思う。ぼくが今も何とか家族を養っていけているのは、もしかしたら、あのとき壬生に勉強のやり方を教えてもらったおかげかもしれない。

話が少し脇《わき》にそれたが、その後、壬生を先生とした騎士団の勉強会が定期的に行われた。場所は市役所の隣にある図書館だ。ぼくらが小学校を卒業した数年後にコンクリート造りの奇麗な建物になったが、当時は木造の古ぼけた建物だった。ぼくはもっぱら学校の図書室から本を借りていたので、そんなところに図書館があるのはそれまで知らなかった。聞けば、壬生はよくそこで一人で勉強していたという——これも全然知らないことだった。

壬生をまじえた勉強中はあまり私語は交わさなかったが、休憩中にはときどき冗談を言い合った。たまに大きな声で笑って図書館の人に注意されることもあった。壬生が他人をバカにするとき以外で笑顔を見せるのは初めて見たような気がした。勉強会を通じて、ぼくらは壬生と急速に仲良くなった。

一度、三人でいるとき、陽介は「壬生が男だったら、騎士団に入れてやってもええんやけどなあ」と残念そうに言った。

騎士は男であることが条件だったから、壬生を「円卓の騎士」に加えることはできなかった。すると、健太が「は、半分、お、男みたいなもんやけどな」と言った。ぼくらは笑ったが、それは壬生をバカにした笑いじゃなかった。

12

ぼくらと壬生の勉強会はまもなくクラスの連中にも知れ渡った。知られて困るというわけではなかったが、皆の冷やかしは浴びた。

「壬生みたいなバカに教えてもらうってどうなの？」

大橋が言った。以前なら屈辱を覚えただろうが、なぜか全然腹が立たなかった。内心で、もしかしたら壬生はお前よりも勉強ができるかもしれないのを知らないのだなと笑う余裕さえあった。実際、算数なら大橋より壬生の方が上かもしれないと感じていた。これは陽介と健太も同じ意見だったが、そんなことを敢《あ》えて言う必要はないと、三人で決めていた。もっとも陽介は「皆に壬生の凄《すご》さを教えてやりたい」と悔しがってはいた。その思いはぼくと健太にもあったが、壬生がそれを見せていないのだから、その意思を尊重しようとしていたのだ。

ただ、有村さんがぼくらと壬生の関係をどう思っているのかは少し心配だった。それであるとき、ぼくは有村さんに直接訊《たず》ねた。

「ぼくらが壬生と一緒に勉強しているって知ってるよね」

有村さんは「ええ、知っているわ」と答えた。

「そのことやけど——有村さんは気を悪くしてないかなと思って」

「あら、どうして?」

有村さんはにっこりと微笑んだ。その笑顔を見ると、ぼくの心は途端にふにゃふにゃになる。いや、背骨さえも柔らかくなってしまうような気がする。まさに魔法の笑顔だ。ふと、有村さんが大人になったときは、どんなに素敵な女性になるだろうかと思った。

「わたしは騎士団の皆さんが、真剣に勉強に取り組んでいると知って、すごく嬉しく思っているのよ」

有村さんはそう言って、目を閉じてゆっくりとうなずいた。ぼくはこの笑顔は「天使の笑み」ではなく「悪魔の笑み」かもしれないと思った。それくらい魅力的なのだ。

「わたし、実は少し反省していたの。わたしのわがままで、遠藤君たちに嫌なことをさせてるんじゃないかって」

「とんでもない。ぼくらは有村さんから、使命を与えられて、すごく光栄に思っていたし、嬉しく思ってる」

「なら、よかったわ」

「八月の模擬試験は頑張る」

「ええ、期待しているわ」

有村さんはそう言って、また長いまつげを閉じてゆっくりうなずいた。

それを見たとき、前に壬生が言っていた言葉——有村さんはぼくらに恥をかかせるために試験を受けろと勧めたというのは違うなと確信した。そんなことはあるわけもないし、そもそもそんなことをしても有村さんには何の得もない。そう考えると、全身にやる気が漲《みなぎ》るのがわかった。

その日の勉強会で有村さんとの会話のことを話すと、陽介と健太もやる気を起こした。

壬生は無表情で聞いていたが、ふと、「みんな本当に有村が好きなんやね」と言った。もしかしたら壬生が有村さんの悪口を言い出すのではないかと思って、身構えていたが、壬生は何も言わなかった。

その日は壬生が食事を作らなくてもいい日だということで、図書館が閉館する五時まで全員で勉強した。勉強が終わると、壬生とぼくは家の方向が同じなので、一緒に帰った。

壬生と話すのは楽しかった。壬生は図書館でいろんな本を読んでいて、知識も豊富だったからだ。

「なんで壬生は図書館が好きなんや？」

「ほかにいくところがなかったから」

それを聞いて、壬生の母親のことを思い出した。壬生は母のことが好きなようだったが、それでも家で彼女と長く顔を合わせているのは楽しいことだけではなかったのかもしれない。それに壬生は低学年のころから友達がいなかったから、図書館は一人で楽しめる絶好の場所だったのだろう。

「暇やから、ひとりで勉強とかもした」

壬生はそう言って舌を出したので、ぼくは笑った。

ふと、「壬生ってええ奴だよな」と言った。

「何それ？」

壬生がぼくの顔を見たので、急に少しドキドキした。

「いや、陽介が言うてたんや」

「木島が？」

「あ、健太も言うてた」

「ふーん、二人がそう言うてたんや。でも遠藤はそうは思ってないんやね」

「いや、ぼくもそう思ってる」

　壬生は微笑んだ。

「壬生は皆に誤解されてるよ。本当はええ奴なんやけど、皆はそう思ってない」

「皆がそう思ってないということは、皆が正しいんじゃない。騎士団が間違ってるのかも」

「それはない！」ぼくは強い口調で言った。「ぼくらが正しい」

「どうやろ」

　そう言いながらも壬生は嬉しそうだった。

「壬生は皆の悪口を言いすぎるよ。なんで、皆の嫌がることを言うんや。それさえやめたら、皆も壬生が本当はええ奴というのがわかるのに」

　壬生は答えなかった。

「そら、これまで皆にいろんな悪口を言われてきて、恨みに思っているのはわかるで。そやけど、低学年のときって、何もわからずに悪口を言うもんやん。自分がどんなにひどいことを言っているのかわかってないから」

　言いながら、低学年のときの壬生はよく泣いていたのを思い出した。でも四年生くらいから壬生の逆襲が始まった。

「壬生が悪口を言い返すと、言われたほうも頭にきて、ますます壬生のことが嫌いになる。それで壬生もまた皆が嫌いになる。それって悪循環に陥っていると思うんや」

壬生は一瞬立ち止まり、ちらっとぼくの顔を見たが、何も言わずにすぐに歩き始めた。

「朝顔」

ふと壬生が呟いた。見ると、一軒の民家の庭先の竹竿《たけざお》に朝顔のツルが絡《から》まっているのが見えた。小さなつぼみがいくつかついていた。

「もうすぐ朝顔の季節やな」とぼくは言った。

「二年生のとき、学校で朝顔栽培したのを覚えてる？」

ぼくはうなずいた。壬生とはクラスが違ったが、たしか二年生全員が小さな植木鉢に土を入れ、そこに種を入れて、花を咲かすまで育てたのだ。

「双葉が出て、それがだんだん大きくなるのを見るのが楽しかった。毎朝、学校に行って、植木鉢を見るのが一番の楽しみやった。初めて竹にツルが巻いたときはすごく嬉しかった。どんな色の花が咲くのかなと思ってワクワクした」

聞きながら、壬生にもそんな時代があったのだと思うと、微笑ましい気持ちになった。

「ある日、学校に行って植木鉢を見たら、わたしの朝顔がちぎられていた。わたしのだけ――。わたしが泣いてたら、クラスの子たちが笑った」

その話はちょっとした衝撃だった。壬生にそんな過去があったとは。

壬生は淡々と語ったが、ぼくの胸には、当時七つか八つの少女の悔しさと悲しみがダイレクトに伝わった。もしクラス全員でやったとしたら、そんなひどい行為はない。でも、本当は数人のいたずらで、やった方もそれがどんなに心無い行為かわかっていなかったのかもしれない。しかしそのことは口にしなかった。

壬生もそれ以上何も言わなかった。二人は黙って歩いた。

やがて分かれ道まできたとき、壬生がぽつりと言った。

「わたしが皆の悪口を言わへんようになったら、皆はわたしのこと嫌いやなくなるかな」

「それはわからへん。人間、一度ついた印象って簡単には変わらへんやろう。そやから、時間はかかると思う」

壬生はこくんとうなずいた。ぼくはどぎまぎした。壬生がぼくの言うことに素直にうなずくなんて、実際にこの目で見ても信じられない思いだった。

「じゃあね」

壬生はそう言って帰ろうとしたが、ぼくは「待って」と呼び止めた。

「天羽西公園で、踊りの練習をせえへんか」

時刻は五時半を過ぎていたが、まだまだ十分明るかった。壬生は「いいよ」と言った。

公園には誰もいなかった。それでもぼくらは目立たないように、木がたくさん茂っている中で踊った。ふだんは体育館の片隅で、先生や皆の見ている前で踊っていたが、こんな風に野外の公園で二人きりで踊るのは初めてだった。

そのころにはぼくも振り付けを完璧に覚えていたし、二人の息はぴったりだった。壬生の踊りは素晴らしかった。ソロの踊りは見ているだけでため息がでるほどだった。もちろんデュエットのときは壬生が完全にぼくをリードしていた。

何度も踊るうちに、不思議な感情に襲われた。壬生が本物のお姫様のように思えてきたのだ。ぼくは自分の目がどうかしたのかと思って、壬生をしっかり見た。そこにはロングヘアーとスカートをなびかせているオーロラ姫ではなく、男の子みたいに短い髪をして、よれよれの半袖《はんそで》シャツとジーパンを穿《は》いた女の子がいた。それなのに、ぼくの目には、とても可愛《かわい》い女の子に見えたのだ。

「どうしたん？」と壬生が言った。「さっきから振り付けを間違えているよ」

壬生が踊りをやめて、にっこり笑った。その顔を見た瞬間、ぼくはまたしても心を射抜かれた。なんということか——壬生が美人に見えたのだ。

「ぼく、どうかしてる」

「何が？」

「壬生が——美人に見えた」

言った瞬間、心の中で、わー！と叫んだ。なんてことを口にするんだ。ぼくはバカじゃないのか！

壬生は、はぁ、という顔をしたが、さらりと「夜目《よめ》遠目《とおめ》笠《かさ》のうち、ね」と言った。

「それ、どういう意味？」

「暗いところで見たら、ブスでも美人に見えるということ」

気付けば、すでに陽は落ちかけて、あたりは黄昏《たそがれ》どきだった。

「天羽祭の本番のステージも暗くしてもらおうかな」

壬生は笑って言ったが、ぼくはそれが冗談とはわからず、「そんなことしてもらえるのかな」と真面目《まじめ》に答えた。

「帰ろうか」壬生が笑いながら言った。

壬生と別れた後も、ぼくの心は池の中の水草みたいにゆらゆらと揺れていた。

13

こうして夏休みを迎えた。

終業式の日、有村さんがぼくらのところにやってきて、「いよいよ、夏の陣ね」と言った。

「騎士団の力を見せてもらうわ。すごく楽しみにしてるから」

そして素晴らしい笑顔を見せてくれた。これこそ、最高のご褒美《ほうび》だ。こんな笑顔を見せてもらって、燃えないはずはない。あと一ヵ月ちょっと、死に物狂いで頑張ろうと決意した。

去年の夏休みは秘密基地作りに費やしたが、今年はもうそんなことにかまけているひまはない。天羽祭の練習が週に二回あり、それ以外の日は図書館で勉強することにした。

壬生は毎回というわけではなかったが、かなりの頻度で参加してくれた。彼女はぼくたちに宿題を与えてくれた。すごいのは、その宿題が全員違うことだ。壬生はぼくらの得意科目と不得意科目を見抜いていて、それぞれに合わせて課題を変えてくれていたのだ。壬生はまた陽介のために、算数の個人授業を行なった。そのお陰で陽介は分数と小数点と割合をほぼ完璧《かんぺき》に理解した——これは驚くべきことだった。

いつのまにか梅雨は明け、八月に入った。

ある日の午前中、図書館で勉強中に、陽介がふと「最近、秘密基地に行ってないなあ」と言った。

その日は壬生がいなかった。その頃には、壬生がいないと寂しく思うようになっていて、勉強にもなんとなく気合が入らなかった。とくに陽介はそれがわかりやすく出た。

「そうやなあ、もう半月近く行ってないな」

ぼくが言うと、健太が「だ、誰かに発見されて、あ、荒らされてないかな」と呟いた。そう言われると急に不安になった。

二人も同じ気持ちだったようだ。陽介が「今から行こか」と提案した。

「自転車がない」とぼくが言った。

「取りに帰ったらええやんか」

「時間がかかるで」

「ほんなら、歩いていくか」

「四十分はかかるで」

「た、たまにはええやないか。あ、歩くのは健康にいい」

健太の一言で、今から秘密基地に向かうことになった。

「今日一日は秘密基地で過ごすというのはどうや?」陽介が提案した。「たまには息抜きが必要や」

ぼくも健太も異存はなかった。この二週間、随分勉強した。一日くらい秘密基地で過ごしてもいいだろう。

ぼくらはコンビニでお菓子と飲み物を買ってリュックに入れ、松ヶ山を目指して歩いた。

しかし図書館を出て十五分も歩くと、自転車を取りにいかなかったことを後悔し始めた。カンカン照りで、八月の太陽がじりじりと肌を焼いた。東の空に大きな入道雲が見えた。

市街を抜け、両側に田圃《たんぼ》しかない道を歩いていると、アスファルトの照り返しがきつかった。

「暑いなあ」

陽介が言った。彼のTシャツはすでに汗でぐっしょりだった。

「そやから自転車で行けばよかったんや」とぼくが言った。

「自転車に乗っても暑いのは同じじゃ」

「暑い時間が違う、急がば回れやで」

そのとき、後ろからクラクションが鳴った。振り返ると、一台の軽自動車がぼくらのすぐ後ろにいた。道を空けようとすると、運転席から見覚えのある顔が覗《のぞ》いた。北摂新聞の配達員だった。

「こないだの三人組やな」

配達員は笑顔でいった。

「あ、こ、この前は、あ、ありがとうございました」

健太が言うと、配達員は、いいんだ、という風に手を振った。

「この暑い中、どこへ行くんや?」

「松ヶ山です」

ぼくはそう言った後、慌てて「クワガタ捕りに」と付け加えた。

「かなりあるぞ。乗せていってやろうか」

ぼくらは互いに顔を見合わせたが、配達員の厚意に甘えることにした。陽介と健太が後部座席に座り、ぼくが助手席に座った。

軽自動車の中はエアコンがついておらず暑かったが、それでも屋根があるだけましだった。それに窓からの風が心地よかった。

「この車はおじさんの車ですか？」

「ああ、オンボロだけどな。もう二十年乗ってる」

たしかに乗り心地はよくない。車のラジオからは歌謡曲が流れていた。島倉千代子《しまくらちよこ》の「人生いろいろ」だ。

「クワガタ捕りは、おじさんも子供のころよく行ったよ。松ヶ山は人も車もあまり通らへんから、穴場やな」

配達員は運転しながら言った。

「おじさんもクワガタを捕ってたんですか」

「お前らくらいのときは遊んでばかりやったな。勉強なんか全然やらなくてな。夏休みの宿題なんかしたことない」

ぼくらは笑った。

「勉強なんか六年生のときには全然ついていけへんようになった。そんなもんやから、中学に入った途端、落ちこぼれや」

「ぼくら、もう落ちこぼれです」

陽介の言葉に配達員は笑った。

「けどな、そのお陰で、四十超えて新聞配達や。おまけにいまだにヤモメや」

ぼくは何と答えていいかわからなかった。ヤモメがどういう意味かわからなかったが、いい意味ではないのだとは感じた。陽介も健太も黙っていた。車の中に沈黙が漂った。

車は松ヶ山の麓《ふもと》に差し掛かった。

「このあたりでいいです」

ぼくが言うと、配達員は車を止めた。ぼくらは車を降りた。

「ありがとうございました」

「お前たち、おじさんみたいになるなよ」

配達員はそう言うと、車を走らせて去っていった。

「な、なんか重い言葉だったな」

健太がぼそっと言った。ぼくと陽介はそれについては何も言わなかった。

「とりあえず、秘密基地に行こう」ぼくは言った。

藪《やぶ》を抜け、注意深く周囲を見渡してから、雑木林の中に入った。セミの声が喧《やかま》しいくらいに響いていた。

秘密基地の上にかぶせた土の上には雑草が生い茂り、前よりもいっそうわかりにくくなっていた。偽装した扉も誰かが開けた形跡はなかった。

取っ手の紐《ひも》を引いて扉を開け、基地に入った。中は少しひんやりして気持ちよかった。汗がひいていくのがわかる。

久しぶりの秘密基地はやはり居心地がよかった。ここが自分たちの居場所だと思った。ぼくらはしばし勉強のことは忘れて、冒険映画の世界に入った。

「この前、秘密基地を拡張しようと言ってたよな」

ぼくが言うと、健太は「ひ、ひと月かけたら、か、かなりのものになるぞ」と言った。

「個室も作ろう」と陽介。

「いいね」とぼく。

「隠し部屋はどうや」

「秘密基地の中に隠し部屋って変やないか」

ぼくらは秘密基地の拡張計画について、十分ばかり話し合った。夢はどんどん膨らんだ。

ふと話が途切れたとき、陽介が言った。

「図書館に行こうか」

健太が「そ、そうだな」と言った。ぼくも「うん」と言った。

「あと二十日や。死に物狂いでやろうや」陽介は言った。「その代わり、模擬試験が終わったら、大工事をしよう」

「おお」

ぼくらは八月の熱い日差しを浴びながら四十分も歩いて図書館に戻ると、その日は閉館時間まで勉強した。

14

翌日も壬生は来なかったが、ぼくらは朝からそれぞれが苦手な教科の参考書を相手に格闘した。気が付けば、閉館時間である五時になっていた。昼休みの休憩を除いて、朝から七時間以上勉強していたことになる。

「俺、こんなに勉強したことはないよ」

図書館から出るとき、陽介が感に堪えないというように言った。健太が「お、俺もだよ」と応じたが、ぼくもそうだった。自分がこんなに長い時間、勉強ができるなんて思ってもいなかった。

「なんか、ドラクエのレベル上げに似てへんか？」陽介が言った。「最初は雑魚《ざこ》のスライム相手にもひーひー言いながら戦ってるけど、何度も何度もやっていくうちに少しずつレベルが上がっていく感じ――」

「そ、それ言えてるかもな。そ、そうやって、だんだんいい魔法や武器を手に入れていく」

　ぼくはその会話を聞きながら、そうかもしれないなと思った。魔法に当たるのは算数の公式か。武器にあたるのは参考書かもしれない。参考書を使いこなすにも、それなりの力がなくてはならない。学校の先生も、そんなふうに教えてくれたら、勉強が好きになったかもしれない。ふと教科書にドラクエの絵があるところを想像した。

「お、ヒロ、今、思い出し笑いしたな」

「い、い、いやらしいこと考えてたんと違うか」

　ぼくが違うと言っても二人は信用しなかった。でも本当のことを言うのもくだらないと思ったので、敢えて言い訳はしなかった。

図書館からの帰り道、交番の前を通ったとき、健太が「おっ」という声を上げた。見ると、藤沢薫のポスターが張られていた。白黒の少しぼやけた写真に、「どんな情報でもお待ちしています」という文字があった。

「この犯人、まだ捕まってないんやなあ」

陽介の言葉に、ぼくと健太も騎士団結成の初期の目的を思い出した。このところ模擬試験のための勉強に夢中で、すっかり忘れていた。

「久しぶりに妖怪《ようかい》ババアのところを偵察に行くか」

ぼくが言うと、陽介と健太も賛成した。

小学校の裏手に回って、妖怪ババアの家の前に着いた。

「前に言ってたやつ、やってみいひんか」

陽介の言う意味がわからず、ぼくは「なんや、それ」と訊《き》いた。

「ほら、呼び鈴押して、出てきたババアにいきなり質問をぶつけるというやつ」

「ああ、あれか。けど、今日はアンケート用紙も持ってへんで」

「そんなもん、もうええよ。ヒロがいきなり藤沢薫について聞くんや。顔色が変わるかどうかを俺たちがしっかり見る」

陽介の言葉に健太がうなずいた。

「ぼくが訊くんか」

二人は当然という顔をした。

「前におった怖いおっさんが出てきたらどうするんや」

「そのときは、逃げたらええやんか」

そう言われて、ぼくも腹を決めた。少し深呼吸してから、半身に構えた。いつでも駈《か》け出せるような姿勢で、呼び鈴のボタンを押した。

ところが耳を澄ましても何も聞こえない。もう一度押した。相変わらず何も聞こえない。

「留守みたいや」

そう言って二人の方へ振り返ったとき、玄関の扉が開いた。そこには妖怪ババアが立っていた。予期しない形で現れたものだから、逃げ出すタイミングを失ってしまった。ぼくは突っ立ったまま、妖怪ババアと向き合った。

こんなに近くで妖怪ババアを見るのは初めてだった。背はぼくよりも低く、髪の毛はほとんど真っ白で、顔は皺《しわ》だらけだ。妖怪ババアはぼくを嘗《な》めまわすように見た。ぼくは本当に舌で嘗められたような気がした。

「何や？」

最初その声はどこから聞こえたのかわからなかった。というのも妖怪ババアの唇がほとんど動かなかったからだ。

「あの――ぼくら、アンケートを取ってるんです」

ぼくは焦《あせ》って言った。妖怪ババアは何も答えず、じっとぼくの顔を見た。ぼくは緊張と恐怖でパニックになった。

「藤沢薫って知ってますか？」

ぼくは早口でそう言ったが、妖怪ババアの表情は少しも変わらなかった。後で聞くと、早口すぎて陽介と健太にも聞き取れなかったらしい。

しかしぼくは妖怪ババアの表情が少しも変わらないのを見て、当てが外れた感じがした。と同時に、どこかでほっとする気持ちもあった。誰だって、殺人犯とは顔を合わせたくない。それに間近で妖怪ババアの小柄な体を見て、こんな体では運動神経抜群の小学校五年生の女子など殺せるはずがないという気もした。

「すいません。帰ります」

ぼくはそう言って去りかけた。

「ちょっと待ち」

妖怪ババアが言った。

「あんたら、前にもうちに来た子らやね」

それからぼくをじろりと睨《にら》むと、「お前は、わしの家を見張ってた子やな。前に戸に紙をはさんだやろ」と言った。ぼくは恐怖に身がすくんだ。まさか、そんなことまで知られているとは。目の前の老婆《ろうば》が本当に妖怪に思えた。ぼくの後ろにいるはずの陽介と健太も、身動き一つしなかった。

「なんで、わしの家のことを見張るんや」

「――すいません」

「理由を言い」

「ぼくら、おばあさんが、もしかしたら、藤沢薫殺しの犯人じゃないかと思って――」

ぼくはまるで蛇に睨まれたカエルのように、正直に言ってしまった。後ろで、おいおい、という声が聞こえた。

「本気でそう思ったわけじゃありません」

陽介が後ろから言った。ぼくも「そうです」とかぶせながら、わざわざ家まで来て本気じゃないというのはおかしいんじゃないかなという気がした。

「藤沢薫？——誰や、それ？」

妖怪ババアはそう言いながら、「ああ、殺された小学生の女の子か」と呟くように言った。それから急に大きな声で笑いだした。

「わしが子供を殺すはずがないやろう」

「そうですよね」

陽介が言うと、健太も「そ、そ、そうそう」と言った。妖怪ババアはそれを聞いてまた笑った。

「失礼しました」

ぼくがそう言って引き上げようとすると、妖怪ババアは「待ちなさい」と言った。

「女の子殺しについて、知ってることがあるで」

ぼくは心臓が止まるほど驚いた。おそらく陽介と健太も同じだったろう。

「聞きたいなら、教えてやるで」

妖怪ババアは言った。

まさか、こんな展開になるとは予想もしていなかった。ぼくらは顔を見合わせて黙ったまま、目で、どうすると言い合った。誰も「聞こう」とは言いださなかったが、陽介も健太も聞きたい気が満々なのはわかった。

「聞きたくないんやったら、帰りな」

妖怪ババアは扉を閉めようとした。

「待ってください。教えてください」

ぼくは咄嗟《とっさ》に言った。

「ほな、入り」

妖怪ババアはそう言ってひとりで家の中に引っ込んだ。

健太が「ど、どうする」と小声で訊いた。ぼくは「ここまで来たんや。話を聞こう」と言った。陽介も反対はしなかった。

ぼくらは家の中に入った。暗い廊下を歩きながら、ぼくら三人は妖怪ババアの家に入った最初の子供だなと思った。これは騎士団として自慢できる。勇気のあかしだ。有村由布子が聞けば、すごいと言ってもらえるかもしれない。

畳のある居間に通された。そこはクーラーががんがんに効いていて寒いくらいだった。庭の向こうに天羽小学校の校舎の壁が見えた。

妖怪ババアは座布団《ざぶとん》を三枚持ってきて、座れと言った。それから冷たい麦茶を出してくれた。

「さ、飲め」

妖怪ババアは勧めてきたが、ぼくらは誰もコップに手を伸ばさなかった。妖怪ババアは大きな口を開けて笑った。

「毒なんか入ってない」

そう言って、ぼくの前のコップを手に取って、ごくごくと飲んだ。それから冷蔵庫から麦茶が入ったガラスの容器を持ってきて、新しいコップに注いだ。

ぼくはそれを飲んだ。緊張で喉《のど》がからからになっていたのもあって、美味《おい》しかった。

それを見て陽介と健太も飲んだ。

「何を聞きたいんじゃ」

妖怪ババアは言った。

「藤沢薫殺しの犯人は誰ですか？」

陽介が訊いた。

「犯人は知らん」

ぼくらは落胆した。どういうことだ。

「さっき、犯人を知ってるって言ってたやないですか」

「言うてへん」

たしかにそうは言ってなかった。

「ほんなら、何を知ってるんですか」

「一年前に殺人事件があったことを知ってる」

「そのことで何か知ってるって――」

「じゃから、殺人事件があったことを知ってる」

ぼくらは妖怪ババアにいっぱい食わされたことを悟った。でも、いったい何のためにぼくらにそんな嘘をついたのだろう。

妖怪ババアはぼくらの心を読んだかのように言った。

「お前らがわしを犯人だと言うたから、わしもお前らをひっかけたんじゃ。これでおあいこじゃ」

そして腹を抱えて笑った。最初は唖然《あぜん》としたが、皺くちゃの顔をさらに皺だらけにして笑う妖怪ババアの姿を見て、何となくおかしくなってしまい、ぼくらも笑いだした。そうすると、笑いのスイッチが入ったみたいになって、四人で笑い転げた。

不意に笑いが収まった。収まってみると、何がそんなにおかしかったのかわからない。でも、なぜかすっかり打ち解けた雰囲気になった。

「これ、食べるか」

妖怪ババアは紙に包んだお菓子を出してきた。白く薄っぺらいもので紋みたいな模様がある。見たこともないお菓子だった。齧《かじ》ると、甘くて美味しかった。

「これ、美味しい！」陽介が言った。「なんというお菓子ですか」

「落雁《らくがん》じゃ」

聞いたこともないお菓子だった。

「昔の菓子じゃ。気に入ったらいくらでもやるぞ」

妖怪ババアが追加で落雁を出すと、陽介が真っ先に手を伸ばした。

ぼくらが食べるのを妖怪ババアはにこにこしながら見ていた。

「お前らは六年生か」

ぼくらはうなずいた。

「皆、できの悪そうな顔をしとるの」

図星なだけに、誰も反論できなかった。

「けど、なかなかええ顔しとる」

そう言われると今度は少し嬉《うれ》しくなった。

「殺人事件の犯人を捕まえたいのか？」

「はい」

「なんで？」

「ぼくら、騎士団を作ってるんです」ぼくが言った。「騎士団というのは、武士みたいなもので、正義のために活動します」

妖怪ババアはほおっと言った。

「ぼ、ぼくら、ひ、秘密基地もあるんです」

「ほう、どこにあるんじゃ」

ぼくらは一瞬顔を見合わせたが、ぼくが軽くうなずくと、陽介は「秘密にしてくれますか」と妖怪ババアに訊いた。妖怪ババアが「ああ」と言うと、陽介は言った。

「松ヶ山の中にあるんです。地下の基地です」

「へえ、地下とな。お前らが掘ったんか」

「いや、最初から穴があって、そこに天井をつけたんです」

「雨漏りとかせえへんのか」

「します。だから雨の日は大変なんです」

妖怪ババアは笑った。「その秘密基地で犯人逮捕の会議をしとるわけやな」

ぼくは、それだけじゃないけど、と小さな声で言ったが、妖怪ババアには聞こえなかったようだ。

「ほんで、なんで、わしを犯人やと思うたんや？」

答えにくそうなぼくらの様子を見て、また妖怪ババアは笑った。

「妖怪ババアやから、女の子のキモでも食うと思ったか」

「そのあだ名を知ってたんですか？」

ぼくの言葉に、妖怪ババアはうなずいた。

「あんなに大きな声で言われたら、誰でも聞こえるわ。あんまり腹が立つんで、こっちもたまに庭に入ったバレーボールの空気を抜いて投げ返したりしたけどな」

そうだったのだ。最初は子供たちが悪口を言い出したのだ。ぼくも低学年の頃、校庭で「妖怪ババア、妖怪ババア」と囃《はや》していたことがあった。そんなことを言われたら、土でも投げつけたくなるのはわかる。妖怪ババアに申し訳ない気持ちになった。

陽介と健太も同じような気持ちになったのか、ばつが悪そうに下を向いていた。

「子供から見たら、九十を超えた女は妖怪みたいに見えるかもしれんなあ」

妖怪ババアは笑ったが、ぼくらは笑わなかった。ぼくはふと、有村由布子も九十歳を超えたらこんな風になるんだろうかと思ったが、それは想像すらできなかった。

「子供が殺されるなんて、ひどいことじゃ」妖怪ババアが呟《つぶや》くように言った。「子供の命を取るなんて、絶対にしたらあかん」

ぼくらは黙ってうなずいた。

「わしは子供を三人殺された」

ぼくは、えっと驚いた。

「わしには男の子が四人いた。みな、かわいい子じゃった。お前らの年くらいのときは、本当にかわいかった。長男は大きくなったらお母ちゃんに大きな家を建ててやると言っていた。しげいちは——長男は勉強もできた。けど、家が貧しくて高等にも行ってない」

「高等って、高校のことですか？」

とぼくは聞いた。妖怪ババアは首を振って「高等小学校じゃ」と言った。よくわからないが、昔は高等小学校というのがあったのだろう。

「東京へ出て、銅線の問屋《とんや》で働きながら夜学に通って勉強した。給金は少ないのに、毎月家に仕送りしてくれた。十三やそこらで、自分のためには一銭も使わず、毎月、お金を送ってくれたんじゃ」

十三歳と言えば、今のぼくよりも一つ上なだけだ。ぼくがあと一年で、そんなことができるとは思えなかった。しげいちという人は、よほどしっかりした子供だったのだろう。

「しげいちは十八のときに電気技師の資格を取った。これはなかなか取れるもんじゃない。わしの子とは思えないくらいできがいい子じゃった。けど、二十歳の時に兵隊にとられて、その年に支那《しな》で戦死した」

陽介が「何の戦争ですか」と訊くと、妖怪ババアは「支那事変じゃ」と答えた。何のことかわからなかったが、聞き直さなかった。

「次男のゆたかも二十歳のときに、やっぱり兵隊にとられて死んだ。ゆたかもできのいい子で、尋常小学校の総代を務めた。先生は、こんな優秀な子を中学に行かせないのはもったいないと言ってくれたが、うちは貧しくて中学校には行かせられんかった」

「ソ、ソウダイって何ですか」

今度は健太が訊いた。

「小学校で一番の子が選ばれる」

陽介が、すげえ、と言った。

「ゆたかも優しい子で、東京の工場で働いて、お金を送ってくれた。このお金でしんざぶろうを中学校へやってくれって。それで三男のしんざぶろうは中学校へ行けた」

「もしかして、しんざぶろうさんもソウダイだったんですか？」

ぼくが訊くと、妖怪ババアはうなずいた。

「しげいちも総代じゃった。けど、一番できの良かったのは、ゆたかじゃ」

三人とも学校で一番だったなんて凄《すご》いことだと思った。兄弟三人とも大橋みたいなものだろうか。

健太がもじもじしているのが見えた。二人の優秀な兄を持ちながらできの悪い自分と無意識に比較して、恥ずかしくなったのだろう。

「しんざぶろうさんも支那事変で死んだんですか」

「しんざぶろうは大東亜戦争じゃ」

今なら支那事変も大東亜戦争も意味が分かる。でも、そのときは何の戦争かわからなかった。

「せっかく中学まで進んだのに、しんざぶろうは何を思ったか、中学校を辞めて予科練に入ってからに――。終戦の年に神風特攻隊で死んだ。十八歳じゃ。なんのためにゆたかが中学までやってくれたのか」

妖怪ババアは吐き捨てるように言った。

神風特攻隊はぼくでも知っている。飛行機に爆弾を積んで、敵の軍艦に体当たりするのだ。もちろんパイロットは死ぬ。ということは第二次世界大戦の話だ。でも神風特攻隊のパイロットはもっと大人だと勝手に思っていた。十八歳の青年が神風特攻隊だったなんて、信じられない。

「しんざぶろうは、女も知らんと死んだ」

妖怪ババアは悔しそうな顔をした。女を知らないというのもどういう意味かわからなかったが、聞かなかった。

「しんざぶろうも優しい子じゃった。小学校のとき、お小遣いをずっとためて手袋を買ってくれた。特攻に行くとき、俺は死んでもずっと母ちゃんを守るって、遺書に書いていた」

妖怪ババアは視線をぼくらの後方の鴨居《かもい》に向けた。ぼくらも振り返って見た。そこには三人の若者の白黒写真があった。三人とも優しい顔をしていた。

突然、陽介が泣き出したので、ぼくは驚いた。最初はすすり泣きだったが、やがて声を上げて泣いた。健太は「な、泣くなよ、陽介」と言って、彼の背中をさすっていたが、自分も泣き出した。

人の感情はしばしば他人を通して伝わる。このとき、陽介と健太の心を通じて、ぼくの心に妖怪ババアの悲しみがより一層伝わった。そして、ぼくも気が付いたら涙を流していた。

「おばあちゃん、ごめんなさい」

陽介はしゃくりあげながら言った。

「俺たち、何も知らんと、おばあちゃんのこと、妖怪ババアなんて言うてもうて――」

その気持ちはぼくも同じだった。戦争で死んで何十年も経《た》ってから、年老いた母が「妖怪ババア」と呼ばれていると知ったなら、どれほど悔しく悲しいことか――。

「お前ら、ええ子やなあ。わしの子供のことで泣いてくれて」

そう言いながら妖怪ババアも指で涙をぬぐった。

そのとき、玄関のドアが開く音がした。ぼくらは緊張して涙が引っ込んだ。

足音が近づき、居間の戸が開くと、男が入ってきた。

「あ? なんや、このガキらは」

以前、アンケート用紙をくしゃくしゃにして投げ捨てた男だった。

「ようへい、怖がらすようなことを言わんとき」

妖怪ババアに言われると、男はむすっとした顔をして、ぼくらの前にどっかと腰をおろした。部屋の空気が一瞬で変わった。

「母ちゃん、こいつらはなんや」

その言い方で、男は妖怪ババアの息子だというのがわかった。

「こんなガキら家に上げたら、ろくなことないぞ。昔、ガキに泥棒されたのを忘れたんか」

「あれは昔のことや。この子らはええ子や」

男はぼくらをぎろりと睨んだ。

「お前ら、うちのおかんを騙《だま》して、物とか取ったら、ただじゃ済まさんぞ」

「ようへい」妖怪ババアが怒鳴った。「あっちへ行け！」

男はふんと言うと、立ち上がって部屋を出て行った。

「四男のようへいじゃ。一番できの悪いのが残った」

部屋の向こうから「なんやと！　ババア」という怒鳴り声が聞こえた。それから再び戸が開き、男がちらっとだけ顔を出して「はよ、帰れ！」と言った。

妖怪ババアはその戸を閉めた。

「あいつはゴクドウモンや！」

妖怪ババアは吐き捨てるように言った。ゴクドウモンの意味はわからなかった。

「気にせんでええで。もっと落雁食べるか」

妖怪ババアは言ったが、ぼくらもそろそろ帰らないといけなかった。

「ぼくら、もう帰ります」

「嫌な気ぃさせて、すまんかったなあ」

妖怪ババアは申し訳なさそうに言った。それを見て、ぼくが逆にすまない気持ちになった。

妖怪ババアの家を出ると、外は暗くなりかけていた。

「妖怪ババアは妖怪やなかったなあ」

ぼくは言った。

「俺、あのオッサンが出てきて、涙がひっこんでもうたわ」

陽介が笑いながら言った。

「い、一番できの悪いのが生き残って、あ、あのおばあちゃん、可哀《かわい》そうになあ」

「ほんまやな」とぼくは言った。「あのゴクドウモンが死んだらよかったんや」

二人も同意した。

「けど、あのおばあちゃんは藤沢薫殺し事件の犯人やないいな」

陽介の言葉に、ぼくと健太はうなずいた。いつのまにか、二人が妖怪ババアではなく「おばあちゃん」と呼んでいるのに気付いた。

「結局、藤沢薫殺しは迷宮入りやな」陽介は言った。「しばらく捜査はやめて勉強に専念するか」

陽介たちと別れて一人になってから、妖怪ババアのことを考えた。

第二次世界大戦が終わったのは、たしか昭和二十年だ。それから四十三年が経っている。日本が戦争をしたことは知っているが、まさかこんな近くに戦争を体験した人がいるとは知らなかった。ぼくの両親は戦後の生まれだったし、両親の二人の父も戦争には行っていない。

鴨居の上の写真を思い出した。子供を三人も失うのはどんな気持ちだろうと想像してみたが、自分の身に置き換えては考えられなかった。ただ、それがどんなに辛《つら》いことかはわかった。しかも戦争で亡《な》くすなんて、どこにも悲しみをぶつけようがないような気がした。

ふいに藤沢薫のことが頭に浮かんだ。戦争じゃなくても、子供を失うことは、同じくらい辛いことだろう。藤沢薫の両親は四十三年経っても、娘のことは忘れないに違いないと思った――。

15

ぼくらはプールも行かずに毎日図書館に通った。

八月に入って、目に見えて勉強のペースが上がってきた。数時間くらい続けて勉強しても平気になったのだ。これはぼくだけじゃなく、陽介と健太も同じだった。もちろん学力もそれなりについた。それぞれ得手不得手があり、健太は理科、陽介は社会、ぼくは国語が得意だったが、三人とも一番伸びたのは算数だった。これは壬生のおかげに他ならない。壬生の学力がどの程度のものか、ぼくらに判定できるはずもなかったが、もしかしたら大橋くらいか、あるいはそれ以上かもしれないと思っていた。

それで、ぼくらは壬生にも試験を受けるように勧めたが、壬生は首を横に振った。

「中学受験なんかせえへんから、試験受ける意味ないもん」

「それはぼくらも同じじゃやん。そやけど、試験を受けるで」

「あんたらは有村のために受けるんやろ」

「そうやけど――」

ぼくはそう言いながら、自分の中でその動機が薄くなりかけているのに気付いた。

今はそんなことよりも、試験でただいい点が取りたい。いや、いい点は取れなくても、勉強の成果を試してみたい。でも、陽介と健太がどう思っているかはわからない。

「壬生は試験受けたら、多分、すごくいい点を取れるで」

ぼくが言うと、陽介と健太も、そう思うと言った。

「もしかしたら県でベスト一〇〇に入れると思う。天羽小でベスト一〇〇に入ったのは今年はまだ二人しかおらへんのやで」

「別に入りたいとは思わへん」

「ぼくは入ってほしい！」

思わず言ってしまった。壬生はびっくりした顔でぼくを見た。

「俺も入ってほしい」陽介が言った。「壬生がベスト一〇〇に入ったら、すごく気分いい」

健太もうなずいた。

「入れないかもしれへんやん」

「いや、壬生なら入れる。一緒に受けようや」

ぼくらは懸命に壬生を説得した。最後には壬生も根負けして受けると言った。

「受けるとなったら、わたしもちゃんと勉強せんとあかんなあ」

壬生は苦笑しながら言った。

その日から、図書館での勉強会には毎回壬生が参加するようになった。といっても、基本的にはそれぞれの勉強をこなして、算数だけは壬生の講義付きで四人一緒にやった。

バラバラの勉強でも、一緒にいる効用はあった。隣で仲間が一心不乱に参考書を読んだり、大事なことをノートに書き写したりしているのを見ると、負けられないという気持ちになるからだ。ぼくは勉強するのが楽しくなっていた。

そして模擬試験の前日を迎えた。


試験を翌日に控えた八月二十七日のことはよく覚えている。

その日は図書館が休館日だった。翌日の試験に備えて、ぼくらは昼過ぎから駅前のマクドナルドに集合して勉強した。夕方、そろそろ帰ろうというときに、陽介が「久しぶりに、佐治川《さじがわ》に行ってみないか」と提案した。

佐治川は秘密基地とは逆方向の町はずれにある、川幅数メートルの小さな川だ。以前はよくフナ釣りに行ったが、一年前に秘密基地を作って以来、方角が逆なこともあって、あまり行かなくなっていた。その夏も佐治川に行ったのは、このときの一度だけだ。後になって、あのとき、陽介があんなことを言い出さなかったらどうだったろうと何度も考えた。もし、そうならぼくの人生は全然変わっていたかもしれない。そして壬生の人生も――。

「実はこの前、下三井《しもみつい》の橋の下で、スッポンを見たんや」

陽介は言った。

「スッポン！」

ぼくと健太が同時に言った。壬生はまるで興味を示さなかった。

「ミドリガメと違うのか」

「全然違う。甲羅が丸くて白かった」

「ど、どんな大きさや」

陽介は両手で三〇センチくらいの円の形を作った。

「大物やないか」

「まだおるかな」

「み、見に行こう」

健太が言った。ぼくも「賛成」と言った。壬生はそれを聞いて、ため息をついてみせた。

「あんたら、ほんま子供やね。スッポンなんか見て何が楽しいの」

「壬生は見たくないんか」

「全然」

「女子には男のロマンがわからへんのや」

陽介が言った。壬生は「アホらし」と鼻で笑ったが、結局、一緒に行くことになった。

下三井の橋に着くと、ぼくは陽介に「どのあたりや」と訊いた。

「あのあたり」

陽介は橋の上から指さした。橋から川面《かわも》までは三メートル以上あった。橋の下一帯は土がたまっていて、川幅が狭くなっている。さらに、土には草が生い茂り、それが川面をも覆《おお》っていた。

「あの草の下のあたりにおったんや」

川は水が少なく、水深三〇センチほどに見えた。

「草で見えへんな」

「石、投げてみるか」

ぼくが言うと、二人も「うん」と言った。

三人で川をめがけていくつも石を投げた。壬生だけは欄干《らんかん》に両肘《りょうひじ》をついて、ぼくらの様子を退屈そうに見ていた。

「出てけえへんな」

陽介は言った。壬生は「もうどっかにいってるよ」と言った。

「いや、ここにおるはずや」

「なんでわかるの」

「俺のカンや」

壬生は馬鹿《ばか》にしたように笑った。

「第一、いたとしてもどうなん。見て終わりやん」

このとき、ぼくは壬生にスッポンを見せて驚かせてやりたいと思った。そうすれば、きっと男のロマンがわかるはずだ。

ぼくは「下に降りて探そう」と言った。陽介と健太は当初そこまでする気はなかったようだが、ぼくの勢いに負けて三人で土手から川に降りることになった。ぼくにしても、もし壬生がいなければ、川に降りようなどとは考えもしなかったに違いない。

ぼくらは土手から川の土の部分に飛び降りると、陽介がさっき指さしたところに向かった。橋の上を見上げると、壬生が呆《あき》れたような顔でぼくらを見下ろしていた。

三人で川の上を覆っている草をかき分けて、水の中を覗いた。しかしスッポンの姿はどこにもなかった。

「上流のほうに行ってみようか」

陽介が提案したが、それには暗い橋の下を通らなければならない。そこにはぼくの背丈を超えるほどの草がぼうぼうに生えていたので、さすがにその中を進む気にはならなかった。もちろん水の中を歩く気にもなれない。それに、そこまで苦労しても、スッポンが見つかる保証はない。

「いや、もう帰ろう」

ぼくが言うと、陽介も健太もあっさり同意した。

土手に戻りかけたとき、足を滑らせて転んだ。そのとき、右手に何か固いものが触れた。それはきらきら光る銀色の金属だった。拾い上げると、小さな半円球の形をした蓋《ふた》のようなものだった。表面には鷲《わし》のレリーフがデザインされていて、アルファベットで何やら書かれている。アメリカという文字はわかったが、あとは読めなかった。裏には中心に芯《しん》みたいな棒があった。何に使うものかはわからなかったが、とても奇麗だった。ぼくはそれをポケットに入れた。

「結局、スッポンはおらへんかったね」

壬生は上がってきたぼくらに言った。

「その代わり、こんなのを見つけた」

ぼくはそう言って、ポケットからさっき拾ったものを見せた。

「なに、これ？」

壬生を含む三人が覗き込んだ。

「ようわからんけど、何かの蓋みたいや」

「それ、銀とちゃう？」壬生が言った。

「壬生にやるよ」

「ええの？」

「ええよ。騎士団の顧問のバッジや。明日の試験のお守りにしたらええ」

陽介と健太は笑ったが、壬生は「ありがとう」と言って、それを大事そうに受け取った。

その銀のバッジが後にぼくと壬生の運命を大きく変えることになるとは、そのときはもちろん夢にも思わなかった。

翌日、ぼくらは模擬試験を受けた。

試験は県内の五つの私立高校で行われた。ぼくらはバスで大森《おおもり》高校に行った。後で発表されたところでは、受験生は県下で三二六八人ということだった。

ぼくはまずまずの手ごたえがあったが、模擬試験など受けるのは初めてだったので、平均点を超えたのか、どれくらいの順位になるのか、まったく見当もつかなかった。

「せ、一〇〇〇番には入りたいな」

帰りのバスの中で健太が言うと、陽介は「俺は三〇〇〇番には入りたいよ」と言った。ぼくらは笑ったが、壬生は笑わなかった。試験が終わってからの壬生は口数が少なかった。もしかしたら、試験があまりできなかったのかもしれない。それで、ぼくらも壬生には試験のことは訊かなかった。

とにかくもうすべて終わったのだ。普通に考えて、三人のうち誰かが一〇〇番以内に入るのは無理だろう。しかしこの一ヵ月半、やれるだけのことはやった。それで満足だった。この充実感を味わうきっかけを与えてくれたのは、有村由布子だ。ぼくはそのことで彼女に感謝した。彼女を騎士団のレディに選んだのは正解だった。でも、本当にぼくらに勉強する喜びを教えてくれたのは壬生紀子だった。

その日、帰宅して晩御飯のときにテレビのニュースを見ていると、思わず箸《はし》が止まった。天羽市内の小学校五年生の女子児童が二日前から行方不明になっているというニュースだったからだ。

16

天羽市は騒然となった。

行方不明になった小学生は二十六日の朝、友達のところへ行くと言って家を出たまま連絡が途絶えているという。警察では事故と事件の両面で調べていると報じられた。テレビではコメンテーターが、一年前の殺人事件と関連がある可能性が高いと解説していた。テレビに映っていた写真は、地味でおとなしそうな女の子だった。

ぼくはこの事件が藤沢薫殺しの犯人によるものとは考えたくなかった。かといって別の犯人でも、単なる事故であっても嫌だった。うっかり入った山の中で、道に迷っているだけであってほしいと願った。そしてひょっこり出てきてほしい。もう子供が死ぬ事件なんて見たくない。

警察の連日の捜索にもかかわらず、少女は発見されないまま、夏休みが明けた。

九月一日の始業式の日は、半年ぶりに集団登校となった。

体育館での始業式は重苦しい空気に満ちていた。校長が、他校の生徒ではありますが、と前置きした上で、女子生徒の無事を祈り、必ず戻ってくるので、みんなは心配しないようにと言ったが、言っている本人がそんなことを信じていないのが見え見えだった。その後、刑事さんが壇上に上がり、どんなことでもいいので、気付いたことや知っていることがあれば、私たちに教えてくださいと言った。

教室に戻ると、その話題でもちきりだった。みんなの意見は、女子生徒はもう殺されているというものだった。そして藤沢薫を殺した犯人が今回の事件の犯人だという意見も一致していた。

大橋がしたり顔で、「犯人は変質者だな」と言った。

「病的な変質者で、殺人を犯さないと禁断症状が出るんだ。前の殺人から一年経って、我慢できなくなったんだ」

すると誰かが、「じゃあ、その前まではどうだったんや」と訊《き》いた。

「初めての殺人で、それまで抑えられていた欲望が噴き出したんだよ」

何人かがほおっと感心した声を出した。

ぼくはそんな話を聞くのが不快だった。家に帰ってこない女の子の両親がどんな辛い気持ちでいるだろうと思ったからだ。そんな気持ちになったのは、前に妖怪《ようかい》ババアの話を聞いたせいかもしれない。陽介と健太も、行方不明事件の話の輪には入っていかなかった。

「だから、もうすぐ第三の殺人が起こる」

大橋の言葉はぼくをぞっとさせた。この天羽市でそんなことが起こってたまるものか。そのとき、妖怪ババアが言った「子供の命を取るなんて、絶対にしたらあかん」という言葉が蘇《よみがえ》った。

そのとき、安西先生が入ってきた。

「何の話で盛り上がっていたんだ」

「行方不明事件です」

女子の誰かが言った。

「怖い事件だよな。こののどかな天羽市で連続殺人とはな」

安西先生もやはり殺人事件と思っているんだなと思った。でも、先生としてはちょっと不用意な発言じゃないだろうかという気がした。天羽市は小さな町だ。学校は違っても、このクラスにも行方不明の女子生徒の親戚《しんせき》や知り合いがいるかもしれない。必死で無事を祈っている子がいたとしたら、もう死んでいるみたいなことを先生が言うもんじゃないと思った。ふと、自分がそんなことを考えるのは不思議な気がした。

その日はその事件の話だけでも十分うんざりするものだったが、ぼくの気持ちを重くしていたのは、それだけではなかった。午後に行なわれるミュージカルの練習で、初めて衣装を着けて練習することになっていたのだ。

実はこの日が来ることを一番恐れていた。というのも、王子の衣装は例年、不細工な三角帽子に、白いタイツ、そして派手な赤いマントというものだったからだ。特にぴっちりしたタイツは堪忍《かんにん》してもらいたい。あそこの形がもっこりしてめちゃくちゃ恥ずかしいのだ。ぼくは沼田先生に、トレパンでやりたいと言ったが、一瞬で却下された。

体育館で衣装が運ばれてくるのを待っているとき、大橋が「騎士だから、きっとよく似合うぞ」とからかった。皆が笑った。

もしぼくがケンカに自信があったなら、一発パンチをくれてやるところだったが、情けないことに睨《にら》みつけるくらいしかできなかった。残念なことに陽介までもが、「いよいよ王子様の衣装が見られるな」と笑った。

先生たちが衣装の入った段ボール箱を持ってきて、それぞれの役に配った。ぼくはそれを持って泣きたい気持ちで更衣室代わりの用具室に行った。

王子の衣装は想像していた以上に恥ずかしいものだった。用具室でも皆に爆笑されたが、用具室から出たときには、他の連中にも笑われた。しかし一度大笑いされてしまうと、開き直れた。ぼくが恥ずかしがれば恥ずかしがるほど、連中を喜ばすということに気付いたのだ。それでもう堂々とすることにした。すると、皆も笑わなくなった。よく見ると、他の男子の衣装も似たりよったりの滑稽《こっけい》なものだった。

別の用具室から、着替え終わった女子たちが次々に出てきた。宮廷の女官や、侍女、よい魔法使いなどだ。これは男子とは違い、華やかだった。特に、王妃に扮《ふん》した有村由布子は本物の王妃と思えるほどきらびやかで威厳に満ちたものだった。

最後に、オーロラ姫に扮した壬生が現れた。その瞬間、全員が静まり返った。

おそらく、その場にいたほとんどは口が半分開いていたのではないかと思う——少なくともぼくはあんぐりと開いていた。

いつもズボンしか穿《は》いていなかった壬生のピンク色のドレス姿はとても衝撃的なものだったが、ぼくらが唖然としたのはそれだけではない。ふだんの坊主頭《ぼうずあたま》に近いヘアスタイルではなく、オーロラ姫になるために亜麻色のロングヘアーのかつらをつけていたからだ。長い髪をなびかせたその顔は——びっくりするくらい美しかったのだ。

「あれ、壬生かよ——」

という男子の声が聞こえた。

壬生は恥ずかしいのか少しうつむき加減だった。そんな壬生の姿を見るのは初めてだったが、それが一層女らしさを感じさせた。

「はい、いいですか」

沼田先生が手を叩《たた》いたので、ぼくは我に返った。

「オーロラ姫とフィリップ王子のデュエットから始めましょう」

音楽が流れ、壬生がソロを踊った。直前まで恥ずかしがっていた壬生だったが、踊り始めると、そんな素振りも見せずに一心不乱に踊った。

いつものズボンを穿いての踊りとはまるで違って見えた。それは優雅な妖精のようだった。男子も女子もオーロラ姫の踊りに魅せられた。沼田先生もうっとりと眺めていた。

「はい、ここでフィリップ王子！」

沼田先生に言われるまで、ぼくは自分の出番を忘れていた。でも、誰も笑わなかった。

ぼくは壬生の手を取って踊った。その手を握ったとき、なぜだかすごくドキドキした。

壬生と踊るうち、ぼくは本物のオーロラ姫と踊っているような錯覚に陥った。いつのまにかぼくの目には壬生しか映らなくなった。ぼくがいるのは体育館の片隅ではなく、深い森の中だった。

その森の中にはぼくと壬生しかいなかった——。


家に帰って一人になっても、まだぼーっとしていた。

頭の中は壬生との踊りのことばかりだった。脳の中で何度も何度も再現した。もし記憶がビデオテープだったとしたら擦り切れてしまうだろうというくらい再生した。その踊りが終わってからのことはよく覚えていない。誰とどんな会話をしたのか、その後、どうやって過ごしたのか、家にはいつごろ帰ってきたのか——それらの記憶はまるで夢の中のようにおぼろげだった。

ただ、踊り終えた後、みんなの壬生を見る目が一変していたことだけは覚えている。それは驚きと憧《あこが》れと混乱に満ちた目だった。それを見て、なぜか、ぼくは誇らしい気持ちがした。

翌日、学校へはいつもより早く行った。少しでも早く壬生に会いたかったからだ。校門の二〇メートル手前で壬生の姿を見つけたとき、幸運の女神って本当にいるんだと思った。

「おはよう」

　壬生が言った。ぼくは嬉しくて、自分の顔が緩むのがわかった。

　壬生はいつものようにズボンを穿き、髪は短かった。でも、何かが違う気がした。雰囲気が今までと違う。そうか——鼻の下の濃い産毛《うぶげ》がなくなっていたのだ。

「壬生、お前、ヒゲ剃《そ》ったな」

　その瞬間、壬生の顔が少し赤くなった。そしてぼくから目を逸《そ》らすと、早足で校門に向かった。ぼくも無言でその後ろを歩いた。

　壬生と揃《そろ》って教室に入ると、皆の視線が一斉にぼくらに集まった。ふだんはそんなことがないので緊張したが、皆の視線はぼくではなく壬生に向けられていた。壬生は皆の視線を浴びながら、自分の席に着いた。

「おい」

　陽介がぼくの肩を叩いた。

「昨日の壬生やけど——けっこう美人やったよな」

　ぼくは黙ってうなずいた。

「壬生を見てるのは男子だけやないぞ」

　たしかにそうだ。女子は男子ほど露骨ではないが、ちらちらと壬生の方に目をやっている。ただ、有村さんだけは壬生の方をまったく見なかった。

一時間目の授業が終わったとき、大橋がぼくらのそばにやってきた。

「この前の試験はどうやった」

その表情には明らかにバカにしたような色が浮かんでいた。

「まあまあかな」

「遠藤の言う、まあまあというのは、どのくらいなんだ」

「平均点は超えたんやないかな」

隣にいた陽介が、小さな声で「俺、平均点を超えた自信ないよ」と言ったのを、大橋は聞き逃さなかった。

彼はわざとらしく笑いながら、「お前ら、平均点を超えるかどうかが目標かよ」と笑った。ぼくらは相手にするのもばからしいので黙っていた。

彼はぼくらが挑発に乗らないのを見て面白くなくなったのか、今度は壬生の席の方を向いて言った。

「オーロラ姫はどうなんだ。三バカの家庭教師をやってたらしいな」

壬生がゆっくり大橋の方を見た。目が合った途端、大橋が一瞬怯《ひる》んだように見えた。

「あんた、どうして人の点数が気になるの。わたしらの点数が低いと、あんたの点数が上がるの」

話を聞いていたクラスの何人かが笑った。

「お前の点数なんか関係ない」と大橋が言った。

「だったら、わたしらのことはほっとけば。それとも試験がうまくいかなかったから、不安なん？」

「うるさい」大橋は言った。「きちがいの娘に言われたくないわ」

その瞬間、ぼくは「このボケっ！」と怒鳴った。「お前は人間のクズや！」

しまったと思ったが、遅かった。大橋は怒りを顔中に表してぼくの方にやってきた。

「お前、今、なんて言った」

大橋は低い声で言った。完全にケンカするモードに入っていた。確実に殴られるなと思った。彼は体も大きい上に空手道場にも通っている。抵抗しても勝ち目はない。しかし壬生の前で無様な姿をさらすのは耐えられなかった。

「ごめんなさいと言うて、謝ったら許してやる」

ぼくは「謝らない」と言った。大橋は「そうか」と言うと、ぼくの前に立った。殴られるのを覚悟して足が震えた。しかしどれだけ殴られても謝る気はなかった。何発くらい殴られるだろうか。鼻血がでなければいいが。

そのとき、陽介と健太が両側からぼくを守るように、大橋の前に出た。

「お前ら、どけよ」

「ど、ど、どかない」

健太が言った。

「遠藤を殴るなら、俺らも殴れ」陽介は言った。「遠藤だけを殴らせへん」

そのとき、授業の予鈴が鳴った。大橋は「どもりとブタが！」と吐き捨てるように言って、自分の席に戻った。

ぼくは壬生の方を見た。壬生は目を丸くしてこちらを見ていた。

二時間目がおわったとき、大橋がやってくるかと思ったが、結局、その日、大橋は一度もぼくらのそばにやってこなかった。

放課後、壬生がやってきて、「さっきはありがとう」と言った。ぼくは「何のこと？」ととぼけた。

「わたしのことで大橋とケンカをしようとしたやろ」

「違うよ」ぼくは言った。「ぼくが大橋に馬鹿にされたから、言い返しただけや」

「大橋は空手をやってるんやで」

「知ってるよ」

「怖くなかったん？」

「――怖かったよ」

平気やったと言おうと思ったが、そんな嘘《うそ》をついても壬生にはばれるに決まっている。

「そやけど、遠藤は謝らへんかった」

ぼくは「うん」と言った。

「遠藤――勇気あるね」

その言葉に、えっと驚いた。勇気があると言われたのはこの夏二度目だ。でも、ぼくは即座に否定した。

「勇気なんかないよ。あのときかて、殴られると思って足が震えてたんや」

「それやったら、余計、勇気あるよ」

「いや、勇気なら、陽介と健太や。あいつらは体を張って、ぼくを守ってくれたんや」

壬生はうなずいた。

「騎士団って、すごいね。かっこいいよ」

ぼくは壬生が陽介と健太を認めてくれたことが何より嬉《うれ》しかった。

17

その週の日曜日、ぼくらは久しぶりに秘密基地に行った。

松ヶ山に着いたとき、陽介が「ツクツクボウシや」と言った。耳をすますと、アブラゼミとクマゼミの鳴き声に混じってツクツクボウシの声がほうぼうから聴こえた。

毎年、ツクツクボウシの声を聴くと、夏休みが終わってしまったという悲しい気分になったが、今年はそんな気持ちにはならなかった。おそらく去年までは、夏休みの宿題も含めて、何もしないまま終わったという自己嫌悪《けんお》のようなものがあったのだろうが、今年はやりきったという充実感の方が強かった。それでも、夏が終わったんだなあという寂しい気持ちだけはあった。

この日は、三人ともパンやジュースを持ち込んでいた。試験も終わったのだ。今日は一日、秘密基地で過ごすつもりだった。

「やっぱり秘密基地はええなあ」

陽介が言った。

「わ、我が家に帰ってきたって、か、感じかな」

健太の言葉にぼくらは笑った。

蠟燭《ろうそく》に火をともしての会話だった。地下の秘密基地は外よりは涼しかったが、それでもじっとしているだけで汗がにじんでくる。

「俺たち、来年は中学やけど、この基地、どうする？」

ぼくが訊くと、陽介は「本格的に拡張工事をやろう」と言った。

「そ、それもいいけど」健太が言った。「大人になったら、こ、この山を買って、ほ、本格的な基地にせえへんか」

「ええなあ、それも。そうしたら、ここで住もうや」

陽介が言った。「でも、結婚したら、どうする？」とぼくが訊いた。

「俺は結婚なんかせえへん」と陽介。「お、俺も」と健太。

「ヒロはどうなんや」

「さあ、そんなことわからへんよ。今は結婚なんかしたいとは思わへんけど、大人になったらしたいと思うかもしれへん」

「なんで、結婚したいんや？　そんなに女と暮らしたいんか？　俺は暮らしたくないよ」

そう言われると、別に女と暮らす必要はないと気付いた。

「大人はなんで結婚するんかな」

「こ、子供を作るためやないか。け、結婚したら、子供ができるからな」

「そやけど、結婚しても子供がでけへん夫婦もあるぞ」

「う、運なんだよ」

そうなのか、運なのか、と思った。子供って運でできるんだ。すると生まれてくるのは運なんだ。陽介の母親は未婚の母で陽介を生んだが、彼は運で生まれてきたのか、とぼんやり思った。でも生まれてくるのが運なら、事故や戦争で死ぬのも運なのだろうか——。

「あ、有村さんが、け、結婚してくれるって言ったら、ど、どうする？」

健太の突然の質問に、陽介は一瞬、虚を突かれたようだったが、「有村さんとなら、ええかもしれないな」と答えた。

「なんだよ、結婚したいんやないか」

ぼくがつっこむと、陽介は苦笑いした。

「お、俺も有村さんとなら、け、結婚したい」と健太は言った。

「だよな」

陽介はそう言った後で、「ヒロはどうなんや?」と訊いた。

「有村さんと?」

「そう」

以前なら、有村さんと結婚ということを想像するだけで胸がどきどきしたかもしれないが、なぜか今は、その仮定そのものが全然現実的でないような気がした。

「それはそうと、鈴木絵里《すずきえり》の件はどう思う?」

陽介が言った。鈴木絵里というのは先日から行方不明になっている女の子だ。行方不明になってから九日が経《た》っている。何らかの事件に巻き込まれたのは確実だった。

「ふ、藤沢薫殺しと、ど、同一犯かな」

その可能性は高いと思わざるを得なかった。小さな町で一年の間に偶然に同じような事件が起こるとは思えない。

「マジで犯人を捕まえないとあかんよなあ。ほっといたら、第三の事件が起こるかもしれんぞ」

陽介の言うとおりだった。

「け、結局、ヒロが怪しいと睨んだ三人は、み、みんなシロやったな」

「俺は将来、刑事になるのはやめるわ」

ぼくが言うと、陽介と健太は笑った。

「け、けど、犯人は、ど、どんな奴《やつ》やろう」

「意外な男かもしれん」陽介が言った。「え、あの人が、というような奴の気がする」

「サスペンス劇場ではそうやな。学校の先生とかな」

「あ、安西先生とか、な」

「安西先生やったら、あの人がって驚くけどな」

ぼくらは笑った。

そのとき、天井を雨が叩く音がした。

健太がはしごを昇って、扉を少し開けて外を見た。

「す、すごい雨や」健太は言った。「どしゃぶりや」

ぼくにも雨の音ですごい降りだというのがわかった。

「傘、持ってきてる？」

ぼくの言葉に、二人は首を横に振った。ぼくも持ってきていなかった。

「雨が止《や》むまで、ここから出られへんな」

それは仕方がないが、これだけのどしゃぶりなら、雨漏りもすごいだろうなと少し不安がよぎった。とはいえどうしようもない。

雨が止むまで、蠟燭の明かりのもと、丸テーブルの上で大貧民をやった。久しぶりのゲームに三人とも夢中になった。

一時間近く経った頃、ふと陽介が言った。

「どうなってるんやろ。さっきから、全然、雨漏りせえへんぞ」

言われてみればそうだった。丸テーブルの上には一滴も落ちていない。

「上に盛った土が固まって、雨を通さなくなってるのかもしれんな」とぼくは言った。

「そんなことあるんか」

「知らん」

しばらくすると、雨の音が聞こえなくなった。ぼくらが基地から出ると、雨は止んでいた。ただ、あたりはびしょびしょだった。やはりすごい雨だったのだ。

「なんで雨漏りせえへんかったんやろう」

陽介が言いながら、拾った枝で天井部分を突いた。おっ、と声を上げた。「下になんかあるぞ」

陽介が土を枝で除《の》けると、青いビニールシートが見えた。土を全部除けてみると、ビニールシートは天井の屋根の全部を覆うように敷いてあった。扉の開閉部分の隙間《すきま》にもビニールシートが貼《は》ってあった。

「誰がやったんや」

陽介と健太は「俺やないで」と言った。ということは、ぼくら以外の誰かが天井板にビニールシートを敷いたことになる。その理由はおそらく雨漏りを防ぐためだ。ということは――。

「誰か知らんけど、この秘密基地を利用しているやつがおる」

ぼくの言葉に二人は深刻な顔でうなずいた。

「それは誰や？」と陽介は言った。

「わからへん」とぼくは答えた。「そやけど、この秘密基地はぼくらだけのものやなくなったのはたしかや」

「ち、ちくしょう」

健太が土を蹴《け》った。

「どうする、ヒロ」

「この基地を利用しているやつらを探し出して、ここは俺たちの基地だから、二度と来るなと言うしかない」

「そいつらが低学年のやつらだったらいいけど。中学生だったら、どうする？　戦うか」

「中学生相手に戦っても勝てんやろ。万が一、勝ったとしても、基地が秘密でなくなったのはたしかや」

ぼくの言葉に陽介はため息をついた。

「そやけど、むざむざと明け渡すのも癪《しゃく》や。基地の中に手紙を残しておこう。これはぼくらの作った基地やから、ぼくらに権利がある。だから、もう来ないでもらいたい、と。それでも敵が手紙を無視するようなら——この基地は諦《あきら》めよう」

ベストのアイディアではないのはわかっていたが、ほかに方法がないのは陽介と健太も認めざるをえなかった。ぼくらは基地の中にあるノートを破って、見知らぬ使用者宛《あて》に手紙を書き置きしてから、秘密基地を出た。

重苦しい気持ちで山を降りようとしたとき、前方に大きな虹が見えた。それを眺めていると、なぜか急に元気が出てきた。

「あの虹に誓う」ぼくは言った。「次に秘密基地で敵と出会ったら、堂々と対決する」

陽介と健太も「おうっ！」と力強く応えた。

「そ、そのとき、も、もしかしたら、い、命がけの戦いになるかもしれへんな」

健太の冗談にぼくと陽介は笑った。

その言葉が現実のものになるとは、誰も思っていなかった。

18

翌週は文化祭の練習が佳境に入った。土曜日が天羽祭の本番なので、その週は全部、練習に充《あ》てられた。

ぼくは毎日、壬生と踊れることになって最高に嬉しかった。六時間目になって、もうすぐ壬生と踊れると思うと、音楽が頭の中に鳴り出し、座っていても自然に体が揺れてくるような気がした。でも、こんな気分でいることを陽介や健太には当然黙っていた。

練習は衣装をつけてのものではなかったが、ぼくの目には壬生はドレスをまとっているように映った。ぼくは紛れもないオーロラ姫と踊っていた。いや、違う。壬生はオーロラ姫よりもずっと素敵だ。

踊りの最後で抱き合って、観客の目からはキスしているように見えるところでは、毎回ドキドキした。すぐ目の前にある壬生の顔をまともに見ることができず、いつも視線を逸らしてしまった。そんなに近くで壬生の目を見るのが怖かったのだ。もし壬生の目を見たら、その後の振り付けを忘れてしまいそうだった。

毎夜、布団《ふとん》の中で、壬生の顔が近づくシーンを思い出した。でもいつも、そのときの壬生の顔が思い出せなかった。ぼくが目を逸らしているせいだ。それで明日こそ壬生の顔をちゃんと見ようと思うのだが、いざその場になると、やっぱり緊張して目を逸らしてしまうのだった。

一度、練習中にハプニングのようにキスしてみたらどうなるだろうと考えた。それを思い付いた瞬間、全身がかーっと熱くなって、思わず自分の顔を思い切り枕《まくら》にぶつけて、足をバタバタさせた。誰も見ていないのに、まるで人前で裸になったような気持ちになった。

しかしもしそんなことをやったりしたら、その瞬間、壬生は踊りをやめてぼくを殴るに違いない。そして、永久にぼくから去ってしまうだろう。そう思うと、今度は恐怖に襲われた。壬生に嫌われることほど悲しいことはない。

本番を二日後に控えた木曜日、ミュージカルの練習は合唱と兵士がメインで、それ以外の者は帰っていいことになった。ぼくは壬生との踊りの練習がなくて少しがっかりした。

陽介と健太を残して学校を出たとき、壬生に声をかけられた。

「一緒に帰ろうか」

「うん」

　ぼくは壬生と並んで歩いているだけで嬉しかったが、すごく緊張してなにを喋《しゃべ》っていいかわからなかった。以前はそんなことはなかったのに。

　壬生も黙っていた。ふと、以前は壬生にキスしたいと思ったことがばれたのではないかという気がして、怖くなった。

「一緒に帰るの久しぶりやね」

　壬生は言った。ぼくは黙ってうなずいた。そういえば、試験が終わってからはもう壬生と一緒に勉強することはなかったから、新学期が始まってから一緒に下校するのは初めてだった。

「前にもらったバッジ、大事にしてるよ」

　ああ、あれのことかと思い出した。下三井の橋の下にスッポンを見に行ったのは、もう随分前のことのような気がした。

「踊りの練習のときやけど――」壬生は言った。「わたしの方を見いひんのはなんで？」

　思わずどきっとした。やっぱり壬生は気付いていたのだ。

ぼくは言葉に詰まった。壬生の目を見るのが怖いなんてとても言えなかった。

「わたしを嫌いなん？」

ぼくは慌《あわ》てて「そんなことない！」と言った。

「ほんま？」

ぼくはうなずいた。その反対や！ と言いたかったが、とてもそれを口にする勇気はなかった。

「土曜日、天羽祭やね」

壬生がぽつりと呟《つぶや》くように言った。

「うん」

「遠藤と踊るのはあと二回やね」

言われてはっとした——壬生と踊れるのは本番を含めてあと二回だけなのだ。

なんとなく二人とも黙ってしまった。

ぼくと壬生はそのまま無言で歩いていたが、やがて分かれ道に来た。

ぼくが「じゃあ」と言うと、壬生も「じゃあ」と言ったが、ふと立ち止まると、

「わたし、本番、うまく踊れるかな」と言った。

「えっ」

「自信ないなあ」

「壬生の踊りは完璧《かんぺき》やん。失敗するはずないやん」

ぼくがそう言うと、壬生は「そう?」と言ってにこりとしたが、その笑顔は嬉しそうには見えなかった。その瞬間、ぼくは何かに背中を押されたような気がした。

「今から、練習せえへんか。天羽西公園で」

ぼくがそう言うと、壬生はぱっと顔を輝かせてこくんとうなずいた。

ぼくと壬生は公園に行くと、林の中で練習することにした。林の中は狭かったが、その方が森の中らしいからだ。

「ここで練習するの、二回目やね」壬生が言った。

「うん」

「こんなとこ、人に見られたら、わたしら、噂《うわさ》になるなあ」

「そんなん全然かまへんやん」

ぼくの言葉に、壬生はにっこりと笑った。

二人は林の中で踊った。踊りの最後のところで壬生の顔が近づいたとき、壬生のことが嫌いではないという証拠を見せるために、目を逸らさずに壬生の目を見た。二〇センチくらいの距離で目が合ったそのとき、壬生が目を逸らした。えっと思ったが、次の瞬間、体に電流のようなものが走った。

踊りを終えた後、ぼくは「壬生の踊りは完璧や」と言った。

「そう？　本当にそう思う？」

「うん」

「今日、スカート穿いてきたらよかった」

「お前、スカートなんか持ってるのか」

「持ってない」

壬生はそう言って小さく舌を出した。ぼくは笑った。

その後、ぼくと壬生は公園の中にあるゾウを模した大きな滑り台の背中に上がった。

そこはミニ展望台のようになっていて、座れるようになっていた。

ぼくらはそこに座って喋った。

「なんでヒゲを剃ったん？」

「言うとくけど、これ産毛やで」

壬生は少し怒ったような顔をした。「剃ったのは――沼田先生が、剃ったらどう、と言うたから」

何となく言い訳めいているように聞こえたが、何のための言い訳なのかわからなかった。

「壬生がオーロラ姫の服を着たとき、皆、びっくりしてたで」

「なんで?」

「なんでって——すごく似合っていたから」

「誰が着たって同《おん》なじや。服がいいだけ」

「ぼくが言いたいのは、壬生に似合っていたと、皆が思っていたということや」

壬生は、ふーん、と興味なさそうに受け流していたが、いきなりぼくの顔を見て訊いた。

「遠藤はどう思ったん?」

「似合っていると思った」

「ほんま?」

ぼくがうなずくと、壬生は嬉しそうに微笑《ほほえ》んだ。そのはにかんだ顔を見て、すごく可愛《かわい》いと思った。

気が付けば、あたりは暗くなりかけていた。九月に入って、陽が落ちるのが早くなっていた。

「帰ろうか」

ぼくが言うと、壬生は「うん」と言った。

二人はゾウの滑り台の体の中に作ってある螺旋《らせん》状の階段を下りた。ゾウの内部の踊り場のところまで来たとき、車の音がした。壬生が踊り場の壁の部分に開けられた窓から下を覗《のぞ》いた。ぼくも何となく窓から下を見た。駐車スペースに一台の車が入ってくるのが見えた。

「アベックかな」とぼくは言った。

壬生は答えずに車に目をやったままだった。車はエンジンを切った。

「あれ――有村や」

壬生が言った。ぼくは驚いて車の中を見た。ぼくらが覗いている窓は地上二メートルくらいのところで、車から十メートル近く離れていて、おまけに陽が落ちかけていたから、車の中の顔まではっきりとは見えなかった。でも、言われてみれば助手席に座っている女性は有村由布子に似ている気がした。

「横にいるのは、本村《もとむら》先生やないかな」壬生は言った。

「本村先生って誰や」

「五月に教育実習で来た学生」

「ああ、かーくんか」

思い出した。女子に人気のあった大学生だ。

「本村先生がこんなところで何してるんや」

壬生は答えず、車の方をじっと見ている。

「なんで、有村さんが本村先生の車に乗ってるんや？」

「そんなん知るか」

そのとき、駐車スペースの横の水銀灯が灯《とも》った。車の中の人の顔がはっきり見えた。そこに座っているのは間違いなく本村先生と有村由布子だった。ぼくは何か嫌な予感がした。

本村先生はシートベルトを外すと、有村さんの方に体を寄せた。それから有村さんに覆《おお》いかぶさるように顔が重なった。キスしたのがわかった。

あまりの衝撃に体が固まった。映画やドラマ以外でキスシーンを見たのは初めてだった。しかもその女性が騎士団のレディ、有村由布子なのだ。

ぼくは息をするのも忘れて車の中の二人を見ていた。隣にいた壬生も無言で車の中を見ている。すべてが現実ではない気がした。有村由布子が大学生と車の中でキスをして、それをぼくと壬生がゾウの滑り台の中から見ている——なにか奇妙な夢でも見ているような気分だった。

本村先生と有村さんはしばらくキスをしていたが、やがてこちらに背を向けている本村先生の背中に有村さんの手が回るのが見えた。隣で壬生がごくんと唾《つば》を飲み込む音がして、これは現実なんだと思った。

本村先生は少し体をずらし、キスしたまま、右手で有村さんの胸に手をやった。有村さんは嫌がらなかった。下半身が誰かにギューッと摑《つか》まれたような気分になった。胸の鼓動の音が自分の耳にも聞こえた。

本村先生はやがてその手を下にずらしていった——まさか、と思った。あそこを触る気なんじゃないだろうな。

そのとき、ぼくの目の前が真っ暗になった。壬生がぼくの顔を手で覆ったのだ。

「これ以上は見たらあかん!」

なぜか、ぼくは素直に「うん」と答えた。壬生の言っていることが正しいと思えたのだ。

「帰ろう」壬生が言った。

ぼくは窓から離れ、階段を降りようとしたが、暗がりでよく見えず、足を踏み外してしまい、そのまま下まで転げ落ちた。

「大丈夫?」

壬生が駆け降りてきて、ぼくの上半身を起こしてくれた。

「大丈夫や」

肩を打ったが、たいしたことはない。

「衝撃のシーンを見たから、動揺したのかな」

真っ暗だったので、壬生の顔は見えなかったが、くすっと小さく笑う声が聞こえた。

「動揺したの？」

「正直に言うて、ちょっとショックやったかな」

「有村のことが好きやから？」

「有村由布子は――騎士団のレディやったんや」

自分が過去形で喋っているのに気が付いた。ぼくの中ではもう、有村由布子は愛と忠誠を誓う存在ではなくなっていた。でも、陽介と健太には、さっき見たことは言えないなと思った。

「有村とキスしたかった？」

「全然」とぼくは答えた。「ぼくがキスしたいのは壬生紀子や」

真っ暗だったから口にできたのだろう。壬生の顔を見ていたら絶対に言えなかった。

次の瞬間、壬生の両手がぼくの頬をはさむように触るのがわかった。次に、鼻に何かが当たり、遅れて唇に何か暖くて柔らかいものが触れた。壬生の唇だとわかったときは、もうそれは離れていた。

壬生の体がぼくの体から離れて、ゾウの体の中から外に出た。ぼくも遅れて出た。そこは駐車場とは反対側だった。

すでに陽はすっかり落ちていて、水銀灯が灯っていた。

「壬生、さっき——」

ぼくが言いかけると、壬生はぼくの唇に指を当てて、それ以上喋らせなかった。

壬生は「じゃあね」と言って、駐車場とは反対の方向に歩いて行ったが、すぐに戻ってきて、怒ったような口調で言った。

「初めてやったんやからね!」

そして、今度は駆けるように去っていった。

ぼくはしばらく呆然《ぼうぜん》と突っ立っていた。驚きが鎮《しず》まると、自分の身に起こったことを反芻《はんすう》した。それが現実のことだったと認識すると、遅れて喜びがやってきた。最初それはゆっくりやってきて、やがて大波のようにぼくの全身を浸した。ぼくは最高に素敵なレディとキスしたのだ!

有村由布子のことなど、もうどうでもよかった。駐車場の車を見てみようとは微塵《みじん》も思わなかった。

19

翌日、ぼくは朝早くに家を出た。一分でも早く壬生の顔を見たかったのだ。しかし、早起きの意味はなかった。壬生は休みだったからだ。

じりじりと待ち続けた末に、結局、壬生の休みが決定的になったとわかったときのぼくの落胆を想像してもらえるだろうか。

同時に強い不安に襲われた。もしかして壬生はぼくとキスしたことを後悔して、学校を休んだのではないだろうか。もしそうなら、翌日に行われる天羽祭の本番に来ない可能性がある。そのとき、ぼくはどうしたらいいのだ。オーロラ姫のいない舞台で、フィリップ王子が一人で踊るのだろうか——。

有村さんの姿はあった。いつもと同じように侍女や崇拝者の男子に囲まれて、楽しそうに笑っていた。ふだんとまったく変わりないその姿を見て、おそらく昨日、本村先生とあんなことをしたのは初めてではないのだと思った。有村さんの顔を見ていると、不潔な感じがした。奇麗な皿の裏を見たら、汚れがびっちりとついていたのを連想した。

今なら、そんな感想は有村由布子にあまりにも厳しい見方だったとわかる。有村さんはぼくよりも一歳上とはいえ、まだ十三歳の少女だった。十歳近く年上の大学生が誘惑するには容易《たやす》い相手だったろう。おそらく有村由布子は青年に夢中になっていたに違いない。しかし当時のぼくにそんなことがわかるはずもない。このときのぼくは、ぼくら同級生を鼻で笑い、年上の大学生と大人の恋愛をしている有村さんに、ただただ嫌悪感を抱いた。

四時間目の国語の時間が始まるとき、安西先生が「さきほど、学館スクールから、試験の結果が送られてきた」と言った。教室が少しざわついた。

「全受験生の点数と結果が発表された」

安西先生は薄いノートのようなものを見ながら言った。ということは、ぼくや陽介や健太の点数と結果も明らかになったということだ。

「このクラスから一〇〇番内に入った者が三人いる」

教室が再びざわついた。

「大橋一也、九十三位」

教室に、ほおっという感心したような声が起こった。大橋は微妙な顔をした。一〇

○番内に入った嬉しさと、もしかしたら山根に負けたのかという悔しさだ。しかし大橋に勝った者が山根以外にももう一人いることになる。

安西先生は続けた。

「高頭、六十二位」

教室中がどよめいた。

ぼくも最初は安西先生が名前を言い間違えたのではないかと思ったくらいだ。安西先生はすぐに「高頭健太、六十二位」とフルネームで言い直した。ぼくは「やったー！」と大声を上げて立ち上がった。

「遠藤、立つな」

安西先生に注意されて、ぼくは座った。

「皆も静かに。他の教室の迷惑になる」

皆は黙ったが、ぼくの興奮は収まらなかった。それは当たり前だ。高頭が大橋を上回ったのだ。自分のこと以上に嬉しかった。陽介もぼくの顔を見て、ガッツポーズをとった。しかし健太は固まったままだった。もしかして一番驚いていたのは健太自身だったかもしれない。

安西先生はそこで一拍置いて、言った。

「壬生紀子、一位」

そのときの教室がどれくらいどよめいたか――窓ガラスが割れるほどだったと書きたいところだが、実際はまるで違う。このとき教室中が静まりかえったのだ。人はあまりに予想外の事態に出くわすと、声を上げるよりも声を失うということを初めて知った。ぼく自身、声が出なかった。もしかしたら、あんぐり口を開けたままだったかもしれない。

皆が壬生の席を見た。そこに壬生はいなかったが、まるで目に見えない壬生がいて、クラス全員の視線を跳ね返しているような気がした。

「受験した者には今日か明日中に、家に結果が届くと思う。それでは、教科書を開いて」

国語の授業が始まったが、生徒たちもすぐには授業に集中できなかっただろう。皆、主《あるじ》のいない壬生の席を何度もちらりと見た。それくらい壬生の一位は衝撃的だったのだ。

「健太、やったな」

授業が終わって給食の時間になったとき、ぼくと陽介は健太の席に行き、おめでとうと言った。

「ありがとう、自分でも信じられへんよ」

「健太は本当にすごいで」

ぼくも陽介も自分の点数や順位は気にならなかった。どうせ、たいしたものじゃない。

「まぐれや」

「まぐれで六十二位なんて取れるわけないやんか。大橋でも九十三位やで」

陽介は大きな声で言った。ぼくはちらっと大橋の方を見たが、彼は聞こえていないふりをしていた。

「でも、俺よりも、ずっとすごいのは、壬生や」

健太は壬生の席を見ながら言った。

ぼくと陽介はうなずいた。健太の言うとおりだ。県で一位というのは「すごい」なんて言葉ではとても足りない。超人だ。

そのとき「壬生が一位なんてありえへんわ」という山根の声が聞こえた。今回、山根は少なくとも一〇〇番以内には入らなかったのはたしかだ。

「何かのミスやで。それやなかったら、不正をしたんや」

山根はいつもの下手くそな標準語を使うのも忘れて言った。その言葉に何人かが同意した。ぼくらがそっちを見ると、山根らもぼくらの方を見た。

「高頭もカンニングか何かしたんやろう」山根が言った。

「ええ加減なことを言うなよ」

ぼくが怒鳴った。陽介も「証拠でもあるのか」と言った。

「なんだよ。文句あんのか」

山根が凄《すご》むと、大橋が加勢するぞという風に立ち上がった。それを見てぼくと陽介も立ち上がった。すると、健太がぼくと陽介の服を摑んだ。ぼくは「離せ、健太!」と言った。

「ええんや」

「あんなこと言わせて腹立たへんのか」

「全然、腹立たへん」と健太は言った。「俺、今、本当に嬉しいんや。あんなことで腹を立てたりしたら、嬉しさが減る」

たしかに健太の顔にはどこにも悔しさがなかった。

「それより、ヒロと陽介が俺のことで怒ってくれたのが嬉しいんや」

健太はそう言って笑いながらも目にうっすらと涙を浮かべていた。ぼくはそれを見て、胸がぐっときた。

「健太——お前、どもってへんぞ！」

陽介が言ったとき、ぼくもあっと思った。言われた健太自身も驚いた顔をしていた。

「俺——どもってなかった？」

ぼくと陽介は「おお！」と声を上げた。

「全然どもってへん。何かもっと言ってみろや」

ぼくが言うと、健太ははにかんだ。

「そんなこと言われたら、緊張して喋れへん」

ぼくと陽介はまた歓声を上げた。奇跡が起こったと思った。山根たちはそんなぼくらを呆《あき》れたように見ていた。

そのとき、大橋が舌打ちしながら、山根に言った言葉が聞こえた。

「あいつらに試験なんか受けさすんじゃなかったな」

その一言で、それが大橋と山根のアイディアだったことがわかった。二人が有村さんに言わせたのだ。

彼らが有村さんに、ぼくらに恥をかかせたら面白いぞと言ったのか、それとも騎士団の忠誠心を試してみたらと言ったのかはわからない。もしかしたら大橋らはからかうつもりでも、有村さんはぼくらの忠誠心と頑張りを見たかったのかもしれない。しかし今となってはそんなことはどうでもよく、真実を知りたいとも思わなかった。大橋らの動機や有村さんの気持ちがどうであれ、ぼくらにとって最高の結果となったからだ。

給食を食べ終わったとき、ぼくらのところに有村由布子がやってきた。

「騎士団の皆さん、おめでとう」

そして健太の前に手を差し出した。「高頭君、おめでとう」

健太はおずおずとその手に握手した。顔が少し赤くなっていた。

「円卓の騎士って、本当にすごいのね。騎士団の力を見たわ」

「力を出したのは健太で、騎士団やないよ」

ぼくが言った。

「いや、違うよ。騎士団の力や」健太は言った。「ヒロと陽介がおらへんかったら、無理やった。六十二位は騎士団の力や」

「素敵ね、みんな」

有村由布子はそう言うと、ぼくたち三人の顔を見て、優雅に微笑んだ。それはいつものように魅力的なものだった。

ぼくは有村さんの胸を見た。紫色のブラウスはふっくらと盛り上がっていた。この胸を本村先生は触っていた。それだけじゃない。スカートの中に手を入れようとしていた――。

そのことを思い出すと、なぜか有村さんが怖くなった。それで少し後ずさった。

「どうしたの、リーダーの遠藤君」

「どうもせえへん」

ぼくは胸を張って言った。

「ぼくらは力を尽くして、レディのために、その忠誠を証明した」

有村さんは微笑みながら、うっすら目を閉じてうなずいた。出た！　悪魔の笑みだ。

陽介と健太はうっとりと見つめていた。ぼくはうっとりとはしなかったが、有村由布子への感謝の気持ちは消えていなかった。有村さんが試験を受けろと言ってくれたおかげで、ぼくらは変わることができたのだ。そして大きなものを得た。

「有村さんのために、騎士団は頑張った。自分で言うのはなんやけど、立派に任務を果たしたと思う。そやから――今日をもって、騎士団を解散する」

陽介と健太が同時に驚きの声を上げた。有村さんも一瞬驚いたようだったが、軽くうなずくと、微笑みを崩さずに立ち去った。

「ヒロ、そんなこと聞いてへんぞ」

健太が言った。もう少しもどもっていなかった。

「いや、健太、解散でええんや」陽介は言った。「俺たちはやりとげたんや」

「騎士団は解散しても、ぼくらの友情は全然変わらへん」

ぼくの言葉に、健太も大きくうなずいた。

その日、ミュージカルの最後の練習が行われた。オープニングのお城のパーティーの場面から最後まで通しでリハーサルが行なわれたが、オーロラ姫の登場シーンに壬生の姿はなかった。

もしかしたら明日、壬生は来ないかもしれないと思った。きっと壬生はぼくの顔なんか見たくないのだ。キスしたことを後悔してるに違いない。

帰り道、陽介が三人で壬生のお見舞いに行かないかと提案したが、ぼくは迷惑をかけたら悪いだろうと言って思いとどまらせた。だが、本当は壬生に会うのが怖かったのだ。

家に帰ったら、模擬試験の成績表が届いていた。ぼくの順位は三二六八人中、五四八番だった。高頭の六十二位とは比べものにならないが、県内の優秀な小学生が受ける中で、この順位は、ぼくとしては望外の喜びだった。それともう一つ嬉《うれ》しかったのは、国語で百点満点を取れたことだ。この成績と順位は壬生のおかげ以外の何物でもない。

しかしそう思った途端、もしかしたらその壬生に嫌われたかもしれないという考えがまた頭をよぎって、鉛《なまり》でも飲み込んだように気持ちが沈んだ。

20

翌日の土曜日、天羽祭の日を迎えた。

この日のことは三十一年後の今も鮮明に覚えている。まさしくぼくにとって運命的な日となったからだ。

朝、起きたときから、心がどんよりとしていた。学校へ向かう足も、気持ちも重かった。空は今にも雨が降り出しそうな低い雲が覆っていた。いっそ台風でも来て、天羽祭が中止になればいいのにと思ったことを覚えている。ぼくがそんな気分でいたのは、壬生は今日も来ないだろうと思っていたからだ。

だから、教室に入って壬生の姿を見たときは、気絶しそうになるくらい嬉しかった。

「ごめんね。昨日、風邪引いちゃって、無理したら行けないこともなかったんやけど、重くなって本番休む羽目になったりしたら本末転倒だと思って、休んだ」

壬生は笑いながらそう言った。しかしこれは嘘《うそ》だった。本当は壬生の母が入院していたのだ。もっともそれを知ったのは後のことで、このときのぼくは、壬生の笑顔を見て、ぼくとキスしたことを少しも後悔していないとわかって、心からほっとした。それどころか、あまりの嬉しさに足がへなへなとなって、その場にしゃがみこみそうになったほどだった。

「それより、壬生、お前、一番やったん知ってる？」

陽介が訊《き》いた。

「うん。昨日、通知が来た」壬生は少し照れくさそうに答えた。「それより、高頭が六十二位やったんやろ。すごいよね」

「すごいのは俺やないよ、お前や」

「あれ、高頭、言葉が――」

「そうなんや。こいつ、昨日、突然治ったんや」

陽介の言葉に壬生は目を丸くした。「――そんなこと、あるんや」

それから健太に向かって何か言いかけたが、健太は何も言わなくてもいいよという風に首を横に振った。壬生が微笑むと、健太は嬉しそうに笑った。

「あと、それと、騎士団は解散したよ」

陽介が言った。

「え、なんで？」

「ヒロが、レディのための忠誠を証明したからって」

壬生はぼくの顔を見て黙って小さくうなずいた。

「ところで、遠藤と木島の順位はどうやったの？」

壬生の質問に答えようとしたとき、安西先生が教室に入ってきて、「天羽祭が始まるぞ」と告げた。

ぼくらは体育館に入った。ミュージカルは午前中の最後の演目だったので、それまでは席に着いて、他のクラスの演目を見ることになる。

オープニングは一組の集団太鼓演奏だった。放課後、校庭で練習していたので音だけはよく聴いていたが、実際に舞台で豪快な太鼓を聴くと感動した。次は四組のマスゲームだ。色のついた大きなプラカードを持った生徒たちが音楽に合わせて、それを変化させていく様子は見ていて楽しかった。

それが終わると、三組の集団舞踊とブラスバンドだったが、ぼくらはその間にミュージカルの着替えのために席を立った。

用具室で王子の衣装に着替えた。例の股間《こかん》もっこりのタイツだったが、もはや少しも気にならないどころか、ウキウキして着替えていた。もうすぐ壬生と踊れると思うと嬉しくてたまらなかったのだ。あまりに嬉しくて、用具室を飛び出したとき、安西先生にマントを忘れていると注意されたくらいだ。

着替え終わった全員が舞台の裏手に集まった。ところが壬生の姿がなかったので、背筋がすっと寒くなった。もしかして帰ったのか――。その後、少し遅れて壬生がやってきたときは、心底ホッとした。遅れてやってきたわけは、すぐにわかった。壬生はうっすらと化粧していたからだ。おそらく沼田先生が施《ほどこ》したのだろう。

化粧と言っても派手なものではなく、少し顔を白くし、唇に口紅が塗られている程度のものだった。でも、それだけでまるで別人のように見えた。

皆が壬生を見ていた。この数日で、壬生の存在感は以前とまったく違っていた。それは当然だろう。ミュージカルのヒロインにふさわしい風格を示しただけでなく、模擬試験で県内一位を取ったのだ。噂では天羽小学校で一位を取ったのは初めてということだった。ぼくらのクラスだけでなく、他のクラスの連中や先生たちも壬生に注目していた。

「壬生さん、その衣装、素敵だね」

王様役の大橋が壬生に言った。大橋が壬生にさん付けするのを聞いたのは初めてだった。壬生は王女様のように恭《うやうや》しく両手でスカートの裾《すそ》を持ってお辞儀した。どこか大橋をからかったような仕草に皆が笑った。

「模擬試験、どうやって勉強したの」

大橋は壬生に訊いた。

「騎士団と、普通に勉強しただけ」

「誰か家庭教師とか、いたの。高頭のお兄さんに教えてもらったとか」

「全然」

「どんな参考書を使ってたの」

「ごめんなさい。もうすぐミュージカルが始まるから、遠藤君と踊りの打ち合わせをしたいの」

壬生は慇懃《いんぎん》にそう言うと、大橋を振り切って小走りにぼくのところにやってきた。

「打ち合わせって何をやるん？」

ぼくが訊くと、壬生は小さな声で、ばか、と言った。何がばかなの、とぼくも小声で訊いたが、壬生は笑ったまま答えなかった。

舞台の上では三組の集団舞踊とブラスバンド演奏が終わったところだった。幕が下り、ミュージカルの舞台美術が置かれていく。いよいよ始まると思うと、緊張した。幕がファンファーレとともに幕が開き、お城の中のパーティーから始まった。ぼくの出番はしばらくないので、袖《そで》で見物していた。一幕は合唱とナレーションで進行していく。いったん幕が下ると、次は森の場面だ。オーロラ姫とフィリップ王子が出会うシーンだ。舞台上では城の大道具が取り払われ、森の大道具がセットされている。

幕が開いた。最初はオーロラ姫が一人で踊る。壬生が舞台に出ていく直前、ぼくの耳に口を近づけて言った。

「わたしが振り付けを間違えても、慌てんといてね」

「壬生が間違うわけないやん。間違うとしたら、ぼくや」

壬生はいたずらそうな笑みを浮かべると、舞台に飛び出していった。

壬生のソロは素晴らしかった。練習のときよりも一段とよいのは、袖から見ていてもわかった。ずっと見ていたいと思ったほどだ。沼田先生も思わず、エクセレント！と呟いたくらいだった。観客席からもため息が漏れた。

沼田先生が「王子の出番よ」と言って、ぼくの背中を軽くポンと叩《たた》いた。ぼくは舞台に出た途端、明るいライトを浴びて舞い上がってしまった。そして、なんということか、振り付けを忘れてしまったのだ。

ぼんやりと突っ立ったままのぼくの両手を壬生が取って、舞台の中央に引っ張り出した。壬生はぼくの体を一回転させると、大丈夫、と小声で囁《ささや》いた。「公園と思ったらいいの」

その言葉を聞いて、ぼくは落ち着きを取り戻した。その後は、いつもの練習通りに踊ることができた。舞台の照明は明るく、観客席は見えなかった。ぼくの目には壬生しか見えなかった。

壬生は優雅に踊った。ピンク色のドレスの裾をひらひらさせ、亜麻色の長い髪――本当はかつらだが――をなびかせてしなやかに踊る壬生は、本当に妖精《ようせい》のようだった。

踊りの最後、壬生がぼくに体を預けてきたが、驚いたことに本当に倒れるように預けてきた。いつもはぼくがいったん手を添えてから倒れてくるのだが、このときは離れたところから仰向《あおむ》けに倒れてきたのだ。一歩タイミングを間違うと、そのまま倒れて後頭部を打つところだったが、ぼくはしっかりと壬生を抱きとめた。壬生は下からぼくの顔を見てにこっと笑った。

それから体を起こして一回転し、壬生の体を抱きしめた。観客からはキスしたように見えるシーンで、実際に観客席から、キャーという声が聞こえた。

そのとき、ぼくは壬生の顔を見た。壬生が目を閉じた。ぼくは壬生の唇にさっとキスをした。壬生の体が一瞬ぶるっと震えたが、ポーズは決めたままだった。

袖に戻ると、沼田先生が拍手で迎えてくれた。

「素晴らしかったわよ、ブラヴォー、ブラヴァーよ」

それから、ハンカチでぼくの唇を素早く拭《ふ》くと、にやっと笑った。ぼくは顔が真っ赤になった。

その後もミュージカルは続き、フィリップ王子が眠れるオーロラ姫を救うための戦いのシーンとなるが、これは集団の踊りとぼくのパントマイムだった。悪魔は滅んで、ラストは再び城の中でフィリップ王子とオーロラ姫の踊りだ。この踊りは森の中の前半の踊りと同じものだったので、落ち着いてやれた。ただしキスシーンはない。

踊りと合唱の中で幕が閉じた。観客の拍手はすごかった。沼田先生は満足そうだったが、ぼくはもっと満足だった。

ミュージカルが終わって、着替えをすませて集合すると、皆がざわついていた。壬生がスカートを穿《は》いていたからだ。ミュージカルの衣装以外で壬生がスカートを穿いた姿は見た記憶がない。

「それ、誰のスカート？」と陽介が訊いた。

「わたしのやで」

壬生は恥ずかしそうに、同時に少し怒ったような口調で言った。チェックのスカートは新品らしく、折り目がついていた。朝はズボンを穿いていたから、着替えとして持ってきたのだろう。

壬生はすっかり化粧を落としていた。ぼくはそれがちょっぴり残念だった。

ぼくらは教室で昼食をとった。土曜日で給食はなかったので、それぞれ持参した弁当や買ってきたパンやおにぎりを食べた。

ぼくと陽介と健太と壬生が一緒に食べた。壬生は自分で作った弁当を持ってきていた。覗くと、卵焼きやホウレン草やウィンナーソーセージが見えた。

「自分で弁当作れるって、壬生は本当にすごいな」

壬生はきょとんとした顔をした。

「ほんまやで」と陽介が言った。「踊りもよかったけど、試験も一番やもんな」

それに関しては首の骨が折れるくらいうなずきたかった。壬生は「たまたま」と謙《けん》遜《そん》したが、たまたまで一番なんか取れるはずがない。でも、ぼくらは敢《あ》えて突っ込まなかった。

そのまま模擬試験の話題になった。ぼくが自分の点数と順位を告げると、陽介が「すげえ」と言った。

「俺は合計二一一点で、二九九八番やったよ。見事、三〇〇〇番以内に入ったんや。たいしたもんやで。俺よりアホが二〇〇〇人以上もおったんやで」

陽介の言葉に、ぼくらも笑った。

「けどなあ、ひとりで騎士団の足を引っ張ってしもた。ごめんやで」

ぼくらはそんなことはないと言った。

「実際、健太と比べたら月とスッポンの順位やけど、俺は二一一点という点数に誇りを持ってるんや。これは俺の努力の証《あかし》なんやから」

陽介は笑いながら泣いていた。それを見てぼくも思わず泣きそうになった。壬生を見ると、彼女も口元を結んで泣くのをこらえていた。

ぼくは素直に陽介はえらいと思った。ぼくら三人は全員劣等生だったが、陽介はとくに勉強ができなかった。それがわずか一ヵ月半で、四科目平均で五十点を上回ったのだ。ある意味で奇跡だ――いや、奇跡じゃない。陽介の努力だ。

健太は二人の優等生の兄を見てもわかるように、もともとは優秀な頭脳を持っていた。どもりのせいもあって自信を失っていたのが、一ヵ月半の勉強で、眠っていた力が発揮されたのだろう。ぼくに関していえば、点数がよかったのか悪かったのか、よくわからない。だいたい自分のことはわからないものだ。

「俺たち、やったな」陽介が言った。「俺が言うのも変やけど」

ぼくと健太は声を上げて笑った。

「俺たち、やればできる子やったんやな」

どもらないで喋《しゃべ》る健太の言葉を聞くのは変な感じがした。

「違うよ」と壬生は言った。「やればできた子や」

「そやけど、俺たちを引っ張り上げてくれたのは、壬生や」

健太の言うとおりだった。壬生がいなければ、ぼくらは今もクラスの落ちこぼれだ。そして自分に自信のないまま小学校を終え、中学に行っていただろう。

「俺たち、壬生をレディにするべきやった」

陽介が言うと、健太が深くうなずいた。

「ヒロはどうなんや？」

陽介に訊かれて、ぼくは「壬生はレディのイメージからはほど遠いからな」と答えた。その途端、壬生がぼくの足を蹴《け》った。それを見て陽介と健太は笑った。

天羽祭は午後もあった。午後の部は五年生の出し物だった。いずれも音楽や踊りなどで、それなりに楽しめた。

でも、ぼくの頭の中ではずっと、壬生との踊りとキスの場面がぐるぐる飛び交っていた。

天羽祭の最後は、全校生徒で歌うホルストの「ジュピター」だった。これは何年も前から、天羽小学校の伝統となっている。ぼくは以前からこの歌が好きだったが、歌っているときに壬生のことを思い出し、この年は特に胸がジーンとした。それで、この歌がいっそう好きになった。この日のことは一生忘れないだろうと思った。

もし人生で一番長い日があるとしたら、ぼくは躊躇《ちゅうちょ》なくこの日を選ぶだろう。天羽祭の閉会とともに、ぼくの中での大きなイベントとドラマも幕を閉じたと思った。

しかしそれは早とちりだった。本当のドラマはこの後に起こったのだ——。

21

天羽祭のすべての演目が終わった後、ぼくらはいったん教室に戻って、そこで解散となった。ぼくは壬生と話したくて、彼女のところに行こうとしたが、その前に陽介と健太に捕まった。

「これから秘密基地に行かへんか」陽介が言った。「様子を見に」

「ええけど、誰か来てへんかな」

「そのときはそのときや。もしかしたら、手紙の返事が書いてあるかもしれん」

健太が言った。ぼくも天羽祭が終わったところで解放的な気分になっていたこともあって、「そやな」と答えた。

「ひとつ相談があるんやけど」とぼくは言った。

「何？」

「壬生を——誘ったらあかんかな」

陽介と健太はすぐに返事をしなかった。

「ぼくら、壬生にはすごく助けてもらったやんか。そやから、あいつに秘密を持ちたくないんや」

「当然や」と健太は言った。

「壬生は俺たちの仲間やからな」陽介が続けた。

あとでわかったことだが、陽介と健太も少し前から、壬生に秘密基地のことを教えたかったらしい。でもぼくに遠慮して言わなかったのだ。

「じゃあ、壬生に言うで」

「誰にも知られんとこっそりと言えよ」

「わかった。それで秘密基地までどうやって行く。歩いて行くんか」

「俺たちは神社に自転車を置いてある」

二人は最初から秘密基地に行く予定だったのだ。

「ほな、ぼくはいったん家に自転車を取りに行くから、先に行っててくれ」

二人は「わかった」と言った。

ぼくらが話している間に壬生は教室から出ていた。ぼくは陽介と健太と別れると、壬生を追った。靴置き場でようやく捕まえた。

「壬生」

ぼくが名を呼ぶと、壬生が振り返って笑った。周囲に人がいたので、秘密基地のことは言えなかった。それで「一緒に帰らへんか」と言った。壬生は「いいよ」と答えた。それを見ていた何人かがぼくらを冷やかしたが、平気だった。

校門を出て二人きりになったとき、「騎士団の秘密を教えるよ」と言った。壬生は驚いた顔をした。

「秘密って何?」

「ぼくら、秘密基地を持ってるんや」

口にした途端、あまりにもアホみたいな言い方だと思った。前にスッポンのことで笑われたように、ガキみたいだと笑われるに違いない――。でも予想は大外れだった。

「素敵！」と壬生は言った。「かっこいい」

「えっ、笑わへんの」

「笑わへんよ。その秘密基地、どんなん？」

「山の中にあって、地下になってるんや」

「すごーい！」

「ほんで、今日、久しぶりに陽介らと行くんやけど――よかったら、壬生も来えへんか？」

「えっ、行っていいの？」

壬生は目を輝かせて言った。

「壬生が来たら、みんな喜ぶよ」

「そうかな」

「絶対」

「それやったら、嬉しい」

「秘密基地は少し遠くて、自転車で行かなあかんのや」

「わたし、自転車を持ってない」

「じゃあ、ぼくの後ろに乗ったらええ」

壬生は嬉しそうに「うん！」と言った。

まずは二人でぼくの家まで向かうことになった。なんだか急にうきうきしてきた。壬生を秘密基地に招待することも嬉しかったが、壬生を自転車の後ろに乗せて走るというのを想像すると、とてもわくわくした。知らないうちに早足になった。

途中、ふと壬生が言った。

「わたし、遠藤に、言いたいことがあるの」

「なんなん？」

壬生はすぐには言わなかった。

「何、言いたいことって」

もう一度訊いても壬生は言わなかった。

「あとで言う。自転車に乗ってから」

ぼくは「わかった」と答えた。

このとき、しつこく聞けばよかったと後に何度も思った。なぜなら、それを聞く機会を失ったからだ。

図書館の前を通ったとき、横を走る軽自動車の運転席の男から声をかけられた。見ると、北摂新聞の配達員のおじさんだった。

「あ、おじさん」

「いいなあ、若者は。デートか」

「はい。わたしたち、デートしてます」

壬生の言葉にぼくは驚いた。配達員のおじさんはにこにこしている。

「どこへ行くんや？　送ってやろうか」

一瞬、また松ヶ山まで送ってもらおうかと思ったが、それはあまりにも厚かましいし、仮にそうなれば帰りは自転車がない。それに松ヶ山には壬生と自転車で行きたい。

「じゃあ、家まで送ってくれたら嬉しいです」

「ええよ、どこや」

ぼくは町の名前を告げた。おじさんはドアを開けた。ぼくは助手席に乗り、壬生は後部座席に乗った。

車にはエアコンは入ってなくて暑かった。前と同じようにラジオがついていて、古い歌謡曲が流れていた。ぼくの知らない曲だった。

ぼくは壬生に、この人は北摂新聞の配達員だと説明し、前に健太が自転車で転んだときに、助けてくれた上に、パンクまで直してくれたんだと話した。

「いい人なんですね」

たいしたことやないよ、とおじさんは笑った。

「この前、ぼくら模擬試験を受けたんです」とぼくは言った。

「ほう」

「ぼくは県内で五四八番だったんやけど、彼女は一番やったんです」

おじさんは口笛を吹いた。「そりゃ、すごい!」

「それなら、将来、新聞を配るようなことはないな」

ぼくは何と答えていいかわからなかった。

車は駅前の商店街を抜けた。カーラジオからは相変わらず歌謡曲が流れている。

突然、壬生が「あっ」と言った。

「おじさんの服についてる、これ――」

ぼくは後ろを振り返った。壬生は後部座席に置いてあった服を手に取って見ていた。

「ああ、それは俺の夏用のジャンパーや」

「ボタンやったんや」

壬生はジャンパーのボタンを触っていた。それは下三井の橋の下で、ぼくが拾った鷲のマークの半円球の蓋《ふた》のようなものと同じものだった。

「それはコインコンチョと言うて、本物のアメリカのコインを折り曲げてボタンにしたもんなんや。おっちゃんのは一九四〇年代の五〇セントコインを使ったもので、滅多にないんや。本物の銀なんやで」

壬生はジャンパーを広げた。

「一つ、取れてる」

「え？」

「わたし、同じものを持ってるんですけど、もしかして、おじさんがどこかで落としたやつかも」

おじさんは何も言わなかった。

「そっくりなんです、ほら」

壬生はそう言って、ポケットの中から鍵《かぎ》を取り出した。その鍵にキーホルダー代わりに付けられていたのは、ジャンパーのコインコンチョと同じものだった。壬生は芯《しん》棒《ぼう》のところを紐《ひも》で巻いて、そこに鍵の鎖をくっ付けていた。

おじさんはバックミラー越しにちらっと見ただけで無言だった。

壬生はおじさんがこの話題を避けたがっているのを感じたのか、キーホルダーをポケットに戻して、もうコインコンチョの話はしなかった。

車内に何となく気まずい空気が流れた。ラジオの歌謡曲だけが聞こえていた。

不意に曲が終わり、アナウンサーがニュースを読み上げた。

「臨時ニュースです。先月二十六日から行方不明になっていた鈴木絵里ちゃんが、今日の十二時に、天羽市内の佐治川で遺体で見つかりました」

「発見されたんだ」とぼくは言った。

ラジオからアナウンサーの声が続いた。

「発見場所は下三井の橋の下で、遺体は死後十日以上経《た》って——」

突然、おじさんがラジオを切った。

車内は完全な沈黙となった。誰も一言も喋らなかった。

ぼくは頭の中で必死で整理した。下三井の橋の下ということは、ぼくらがスッポンを見に行った橋だ。あの日はたしか女の子が行方不明になった翌日だ。ぼくらはうっそうと茂る草にはばまれて、橋の真下まで行くのは断念した。引き返すときに、ぼくは足を滑らせて転んだ。コインコンチョを見つけたのはそのときだ——。

車はぼくの家のある町を通り過ぎた。おじさんは無言で車を走らせている。事態が大変なことになりつつあるのはわかった。

「おじさん、車を止めてください！」

壬生が言った。しかしおじさんは返事をしなかった。そして車はさらにスピードを上げた。

ぼくはもう恐ろしくておじさんの顔を見ることができなかった。

車は猛スピードで走っていた。赤信号で止まったときに車から飛び降りようと思っていたが、おじさんは赤信号も無視して走った。何度か横から来た車とぶつかりそうになり、壬生が悲鳴を上げた。後ろから激しくクラクションが鳴らされた。

いつのまにか、車は市内を抜けて、松ヶ山の方向に向かっていた。そっちの方向には車がほとんどない。新聞配達員のおじさんが考えていることがわかった。

「おじさん」

と壬生が言った。

「わたしたちがおじさんの車に乗ったのは、みんな見ています」

配達員は返事をしなかった。壬生の言葉の意味まで頭が回っていないのかもしれないと思った。頭の中はとにかくぼくらを何とかしようということだけで、あとのことは何とでもなると考えていたに違いない。

車は松ヶ山の林道に入った。配達員はここでぼくらを殺す気なのだと思った。恐怖が全身を覆《おお》った。後部座席の壬生も、一言も発しない。きっと恐怖ですくみ上がっているに違いない。

そのとき、壬生を助けなくてはと思った。壬生の体には指一本触れさせない！

ぼくは後ろを振り返って壬生がシートベルトをしているのを確かめると、配達員のシートベルトを横から外すやいなや、ハンドルを両手で摑《つか》んで力いっぱい右に切った。配達員の「馬鹿野郎！」という怒鳴り声が聞こえると同時に、車は大きくカーブし、土の壁に激しくぶつかった。

ぼくの体はシートベルトに抱えられて、フロントガラスにぶつかることはなかったが、配達員は頭を思い切りハンドルにぶつけ、クラクションがすごい音を立てた。

「壬生、大丈夫か！」

後部座席の下から「大丈夫」という声が聞こえた。配達員はまだ頭をハンドルにつけたまま呻《うめ》いている。その額からは赤い血が流れていた。

「出ろ！」

ぼくはそう言って車から出た。遅れて壬生も出てきた。車の中を見ると、配達員が体を起こすのが見えた。

「こっちゃ」

ぼくは壬生の手を摑んで、雑木林の中へ飛び込んだ。

「どこ行くん」

「いいから。ぼくについてこい！」

「わかった」

雑木林の中を走りながら、ついていると思った。ぼくには運がある。この先には秘密基地がある――。

雑木林を抜けると、少し開けた場所に出た。秘密基地の扉が開いているのが見えた。

そうだった！　陽介たちが来ていたのだ。

ぼくは扉の上から「陽介、おるか」と言った。中から「おう」という声が聞こえた。

「壬生、ここに入れ」

壬生は言われた通りに、はしごを伝って秘密基地に入った。続けてぼくも中に入り、扉を閉めた。

「早かったな」

暗がりで健太の呑気《のんき》な声がした。「俺たちも今来たとこや」

「静かに！　今、追われてるんや」

「誰に？」

「殺人犯や」

二人は笑った。

「嘘やない、ほんまなんや！」

かぶせて壬生が「本当や」と言った。二人もぼくらのただならぬ様子に笑うのをやめた。

「とにかく静かにしてくれ」

ぼくは小声で言った。陽介と健太も黙った。

どれくらいそうしていただろうか――時間の観念がなくなっていた。一分が一時間にも感じられた。

暗がりの中で耳を集中させた。そのとき、セミの声が聞こえなくなっているのに気付いた。もう夏が終わっていたんだなと、極限状況にもかかわらず、ふとそんなことを思った。

やがて、地面を歩く音が聞こえた。

健太が「誰か来たぞ」と囁《ささや》いた。陽介が「声を出すな」と抑えた声で言った。

足音はだんだんと近づいてきた。ぼくの横にいる壬生の体が小さく震えていた。ぼくは壬生の肩を抱いた。「大丈夫だ」と小声で言うと、壬生がうなずくのがわかった。

足音が秘密基地の天井から聞こえた。配達員が真上にいる。続いて、ドンドンという音が響いた。配達員が天井で足踏みしているのだ。

突然、扉が開いた。体が凍り付いた。

配達員が中を覗《のぞ》き込んだ。こちらからは逆光でシルエットしか見えない。

「おい。おんのか」

配達員の目にはぼくらが見えなかったようだ。ぼくらは物音を立てないように隅で息を殺していた。

入口からシルエットが消えた。ホッとした次の瞬間、秘密基地の天井から土がばらばらと落ちてきた。配達員が天井の板を剝《は》がしにかかったのだ。

板は一枚一枚剝がされ、ついに全部が剝がされた。

配達員ははあはあと荒い息をしながら、ぼくらを見下ろした。秘密基地の中はただの穴になり、ぼくらの姿はすべてさらされた。

「新聞配達のおじさんやん」健太が言った。「ぼくのパンクを直してくれた」

「お前ら、全員、ここに埋めたる」

配達員はそう言うと、はしごを伝ってゆっくりと降りてきた。ぼくらは反対側の壁に体を寄せた。ぼくは無意識に収納ケースの裏に手を伸ばした――こん棒が手に触れた。陽介が置いていた名剣エクスカリバーだ。

配達員が降り立ってこっちを向いた。右手にはナイフが握られていた。壬生が「誰か来てー！」と大声を上げた。

「女もおるな」

配達員は壬生を見てにやりと笑った。その瞬間、怒りが恐怖を吹き飛ばした。

「壬生には手を出すな！」

ぼくは配達員めがけてこん棒を振り下ろした。棒は配達員の右手に当たり、彼はナイフを取り落とした。ぼくはそのまま突進して、配達員の腰にしがみつき、「陽介！健太！」と叫んだ。

陽介と健太が「おー！」という声を上げて、ぼくに続いた。配達員は三人にしがみつかれてもがいた。

「壬生、逃げろ！」ぼくは叫んだ。「警察に知らせろ！」

壬生がはしごに駆け寄った。そのとき、配達員はすごい声を上げて、壬生に手を伸ばし、その体を摑んだ。壬生は悲鳴を上げたが、その体ははしごと一緒に倒れた。

その直後、ぼくは頭に激しい一撃をくらった。配達員から殴られたのだ。一瞬、頭がぼーっとして床に倒れた。続いて陽介と健太も同じように殴られ、床に倒れた。ぼくはふらふらしながらも再びこん棒を摑んで配達員の頭を打った。かなりの手応《てごた》えがあったが、彼を倒すことはできなかった。配達員はぼくの首を両手で絞めた。

「殺してやる、このガキ！」

ぼくは首を絞められながらも片手で握ったこん棒で、配達員の顔を何度も打った。一撃ごとに配達員の手の力が緩んだが、それでも次第に息ができなくなり、ついにこん棒を取り落とした。

ドラマならここで正義のヒーローが登場するのに、と思った。薄れゆく意識の中で、壬生を守れなかったという悔しい思いが脳裡《のうり》をよぎった。

そのとき——秘密基地の上から大きな男が飛び降りてくるのが見えた。男は配達員の腕を摑むと、ぼくの首を解放した。ぼくは床に倒れて激しく咳《せ》き込んだ。壬生がぼくの体を抱きしめた。

男は配達員を押さえつけると、その上にまたがってさんざんに殴りつけた。鈍い音と配達員の悲鳴が何度も聞こえたが、やがて悲鳴は止《や》んだ。

男は配達員が完全に動かなくなったのを確認して立ち上がると、ぼくのほうを向いて、にやりと笑った。

「坊主《ぼうず》、大丈夫か」

ぼくは右手を挙げた。男はゴクドウモン——妖怪ババアの息子だった。

エピローグ

これでぼくの話はあらかた終わりだ。

北摂新聞の配達員は逮捕され、取り調べの末、二人の少女殺しを自供した。

妖怪ババアの息子が秘密基地に来たのは、基地の補修のためだった。雨漏りを止めるためのビニールシートも彼の仕業だった。妖怪ババアから基地の雨漏りの話を聞き、直してくれていたのだ。この日は基地に降りるためのはしごが傷《いた》んでいたのを修理してやろうと来てくれたのだ。そして近くまで来たとき、壬生の悲鳴を聞いて、駆け寄ったというわけだった。何より驚いたのは、ゴクドウモンが刑事だったことだ。

彼が犯人と遭遇したのはまったくの偶然だったが、その偶然にはあらためて運命の不思議さを思わないではいられない。もしぼくらが妖怪ババアと話をしていなければ、彼に助けられることもなかったからだ。

当日だってそうだ。ぼくが壬生に秘密基地へ行こうと誘わなければ、あんな事態にはなっていない。また、一刻でも早く家に着きたいと思わなければ、配達員の車に乗ることもなかった。

八月の終わりのあの日、陽介がスッポンを見に行こうと言わなければ、そして壬生が付いてこなければ、いや、その前に壬生と友達になっていなければ、コインコンチヨを拾ってプレゼントすることもなかった。

そもそもぼくらが秘密基地を持っていなければ、すべての出来事は全然違ったものになっていただろう。そんなふうに考えると、人の運命というのは偶然のように見えて、すべてが不思議な必然で結ばれているのかもしれない。陽介が置いていた名剣エクスカリバーの存在も忘れるわけにはいかない。「いつか騎士団を救うことになる」という彼の予言が的中したわけだ。

話を戻すと、その日は本当に長い一日になった。夜遅くまで警察署で、何人もの刑事に様々なことを聞かれた。もっとも聞かれたのはその日だけじゃない。何日にもわたって繰り返し質問された。あまりにも何度も聞かれるので、最後は物語を語るようにすらすらと言えるようになった。

新聞では、ぼくらは「少年探偵団」と書かれた。というのも、そもそものきっかけが、ぼくらが藤沢薫殺しの犯人を見つけようとして、新見光男《にいみみつお》——犯人の名前だ——の尾行をしたことがきっかけだったからだ。もしあのとき健太が自転車の前輪を溝に落とさなければ、新見は今も捕まっていなかったかもしれない。中には「お手柄小学生」と書いた新聞もあったが、ぼくとしては「騎士団」と書かれなかったことが不満だった。

まあ、ちょっとした「英雄」にはなったが、駅前に銅像は立たなかった。もちろん五十年後に語り草となることもない。令和になった今日、天羽市でぼくらの名前を憶《おぼ》えているものは誰もいない。

ぼくらは裁判でも何度も証言台に立った——二人の少女殺しの事件の証人だけでなく、傷害と殺人未遂事件の被害者でもあった。それらはあまり楽しい経験ではなかった。余談だが公判中に、新見光男は犬殺しをしていたことも明らかになった。偶然だがぼくの推理が当たっていたということだ。

結局、新見は高裁で死刑の判決が出た後、上告が棄却されて、刑が確定した。そのころ、ぼくらはもう高校生になっていたし、町の人の関心もとっくになくなっていた。もちろん、ぼくも新見のことなどどうでもよくなっていた。そんなわけで、この話はこれくらいにする。

ところで、壬生がぼくに言いたいと言っていたことは、結局、聞けずに終わった。その後に起こった事件と騒動で、ぼくがすっかり忘れていたからだ。何年か経ってからそのことを思い出して壬生に訊《たず》ねたが、彼女は覚えていないと答えた。

今でも、それが何の話だったのか無性に気になるときがある。あのとき、壬生はぼくに何を言おうとしていたのだろう。とても素敵な話だったような気もするし、実際は他愛《たわい》もない話だったのかもしれない。まあでも、こういう謎《なぞ》がいくつもあるのが人生だ。

最後に、騎士団のその後を話そう。

ぼくらは翌年の平成元年、同じ公立中学に入った。高頭健太は三年間ずっと優等生で過ごした。ただ、中学のときにバブルがはじけ、土地やマンションに投資していた父親が破産して、一挙に貧乏になった。そんな状況でも健太は成績を落とすことなく、高校は学区内で一番の公立高校へ進学し、その後、防衛医大に入った。今は幹部自衛官の医官として国のために働いている。彼がどもるところはその後一度も聞いたことがない。

木島陽介は工芸高校に行き、その後、宮大工に弟子入りした。十年以上の修業を積み、将来を嘱望される存在となりながら、三十歳のときに無免許運転の男の自動車にはねられた。このとき、右腕を失うと同時に宮大工としての未来を失った。しかし陽介は挫《くじ》けることなく、人生に敢然と立ち向かった。一年後に税理士を目指して学校に通い、五年かかって必要なすべての試験に合格し、今は税理士となって独り立ちしている。その間にぼくと健太が行なったささやかな援助を、陽介は返そうとしたが、ぼくらは拒絶した。陽介の見事な生きざまを見せてもらったことが十分な恩返しだったからだ。今、陽介は祖母と母親の生活保護をやめさせ、二人の生活の面倒を見ている。二代続いた生活保護の連鎖を断ち切ったのだ。

壬生紀子もぼくらと同じ中学に進学した。身長も髪の毛もすらりと伸び――天羽祭の後から伸ばし始めていた――、白いブラウスに濃紺のスカートを穿いた姿からは、かつての「おとこおんな」のイメージはどこにもなかった。誰もが認める美少女とは言えなかったが、彼女を美人と言う男子も少なからずいた。ほかならぬぼくもそのひとりだ。勉強は断トツで、もはや壬生を軽んじるような者は誰もいなかった。小学生時代の彼女はある意味で孤高の存在だったが、中学時代は別の意味で近寄りがたい雰囲気を醸《かも》し出していた。

彼女は健太と同じ高校へ進学した。聞けば、彼女はそこでもずっと首席で、健太は一度も勝てなかったという。東大の法学部に入り、卒業後は通産省——今の経産省だ——の官僚になった。切れ者という評判で、政治家からも一目も二目も置かれている存在だということだ。二人の子供を育てながら、バリバリやっているのはさすがというほかない。

今でもかつての騎士団のメンバーと会うとき、壬生の話が出ないことはない。ぼくらの人生は壬生によって変えられたというのは、三人の一致した意見だ。ぼくらの一番の後悔は、騎士団のレディに壬生を選ばなかったことだ。陽介と健太は三十年以上経った今も、ぼくの女性を見る目のなさを指摘してくる。

ぼくらのレディだった有村由布子は、神戸の私立女子中学校に進学した。しばらくして家も神戸に引っ越し、その後どうなったかは知らない。二十歳の頃、同窓生から、彼女が東京の芸能事務所に入ったらしいという噂《うわさ》を聞いた。プロフィール写真を見ると当時の面影はあったが、目を引くような美人ではなかった。芸名だったため、それが本人かどうかは不明のまま、いつのまにか引退し、その後、今に至るも消息は耳にしていない。

で、ぼくだが、健太や壬生と同じ高校へは行けなかった。大学も一流校へは行けなかった。しかしそのことでコンプレックスを抱いたことは一度もない。それは、あの夏に、壬生、陽介、健太の三人と一所懸命に勉強した経験によるものだった。人生はベストを尽くせばいい。その結果に関しては何ら恥じることはないということを学んだのだ。恥じなければいけないのは、ベストを尽くさずに逃げることだ。そして自分に言い訳をすることだ。

あの夏、ぼくが得たものはそれだけではない。それは勇気だ。でも勇気は決して天から舞い降りてきたものではない。幸運に恵まれて道端で拾ったものでもない。人はみな勇気の種を持っている。それを大きな木に育てるのは、その人自身だ。そして勇気こそ、人生で最も大切なもののひとつだ。ぼくが今もどうにかこうにか人生の荒波を渡っていけるのは、わずかな勇気のお陰だ。

ぼくは大学卒業後、様々な職業に就いたが、どれも成功したとは言い難い。でも、常にベストを尽くしてきた。それに、逃げたことは一度もない。

ちなみに現在の職業は小説家だ。最初はなかなか売れなくて苦労したが、今ではありがたいことに少なくない固定ファンもいて、妻子を養っていけるくらいの稼ぎは十分ある。

何より重要なことは、この仕事を心底気に入っているということだ。おそらくこれがぼくの人生の最後の仕事になるだろう。

おっと、大事なことを言うのを忘れていた。壬生紀子の夫はぼくである。このことでは、今も陽介と健太にねちねちと責められている。

でも——百年責められたってかまわない。

解説

内田剛

「勇気――それは人生を切り拓《ひら》く剣だ。」

象徴的な書き出しから引き込まれてしまう。何度読み返しても爽快《そうかい》で魅力的な物語。百田版「スタンド・バイ・ミー」という謳《うた》い文句そのままに、読みながら忘れかけていた少年時代の記憶が蘇《よみがえ》ってきた。教室の空気、季節の匂《にお》い、家族や先生、そして仲間たちとの冒険の日々。読めば誰もがあの日あの頃を思い出すに違いない。そして心の中が一点の曇りない青空になるだろう。眩《まぶ》しい友情は決して色褪《いろあ》せることがない。タイムカプセルを掘り起こしたような、まさに青春のバイブルであるのだ。

読みどころとして真っ先に気づくのはさまざまな境界だ。何も知らない子供たちが自分の目の前にある壁を意識し、一歩一歩乗り越えて大人へと近づく。日々の清々《すがすが》しい成長ぶりには目を見張るものがある。

用意された境界は幼い歩幅での限られたテリトリーもあれば、人間関係が生み出す精神的な距離感もあるし、ひと息には決して超えられない時間軸もある。特に注目したいのが時代の境い目を設定としている点だ。描かれているのは昭和最後の夏。そして語り手は主人公である「ぼく」の30年後。この物語の刊行された令和最初の夏（2019年7月）と重なることは非常に意義深い。世代を超えた目には見えない時間の流れ、その節目が明確に見えるのだ。

走馬灯のように蘇る昭和63年の記憶たち。絶妙に当時の世相が盛り込まれ、読み手側の記憶にも重なっていく。創作であるはずの小説と現実世界との境界が曖昧《あいまい》になる仕掛け。そのテクニックは見事としか言いようがない。

『夏の騎士』というタイトルもいい。子供たちにとって夏は特別な季節だ。12歳のひと夏の冒険がこれほどまでに世界を変えるのか。梅雨明けの太陽の光を浴びて雨後の筍《たけのこ》のように幼い心は一気に逞《たくま》しく育つ。ストーリーの根幹を貫く真の「勇気」を手に入れるために、三人の少年たちは立ち上がり「騎士」となる。聞こえは格好いいが実際はまったく冴《さ》えないごく普通の子供だ。ケンカが弱く勉強もスポーツも苦手でクラスでも地味な存在の仲間たちである。意気地なしで臆病《おくびょう》な「ぼく」遠藤宏志。家が貧しく太っている木島陽介。吃音《きつおん》症で孤独な高頭健太。それぞれ悩みを持った落ちこぼれたちが、学校図書館で借りた『アーサー王の物語』に影響を受けて「強くて、名誉と勇気を重んじる」騎士団に憧《あこが》れる。自由な発想で突然、大胆な行動ができる少年たちと、理屈に縛られて雁字搦《がんじがら》めとなった大人との境界もまた感じるのである。ともあれ秘密基地で結成された騎士団は思いもよらぬ活躍をする。地元の女子小学生が殺された事件の捜査もストーリーにスパイスを与えている。変質者から町を守り真犯人を追いかける展開はここだけ切り取れば、スリリングなミステリだ。関わりのある大人たちは謎《なぞ》めいた人物も多い。柳書店のおっさん、北摂新聞配達員、妖怪《ようかい》ババアと周辺にいる怪しい人物に目をつけては尾行する。身をもって思い知らされるのは、人は見かけで判断してはならないこと。誰もが表と裏の顔を持つという事実である。仮面に隠された人間たちの素顔を知ることもまた知られざる境界を感じとる貴重な体験でもあるのだ。

さらに少年期ならではの純粋無垢《むく》な恋模様も実に読ませる。クラスメイトで学校一の美少女・有村由布子という絵に描いたようなヒロインが登場。帰国子女で大人びた魅力があり学業も優秀。そんな彼女を勝手にレディに任命し騎士団の憲章に盛りこんでしまう。この純朴さがたまらない。

有村も騎士団の忠誠を試すかのように「私のために模擬試験を受け、一人でも100位以内に入れば騎士団の誓いは本物だと認める」というミッションを課す。勉強が苦手な彼らにはあまりにも過酷な試練。ここで絡《から》んでくるのが壬生紀子だ。ヒロインとは真逆の性格でクラス一の嫌われ者という役回り。ケンカっ早くて女子らしさがまるでなく、あだ名のひとつは「おとこおんな」。口だけは達者でクラスから完全に浮き上がっていた。

レディのために必死に勉学に励む騎士団たち。手近な家庭教師役として苦手な壬生に教えを乞《こ》ううちに心境の変化が訪れる。手の届かない憧れの存在と、本音でぶつかり合える関係性。漠然と気になる相手に明快な恋心が芽生える様が、胸の鼓動や息づかいとともに手にとるように伝わってくる。同じような経験はきっと多くの読者にもあるだろう。言葉にならなかった想《おも》いの丈が見事な物語に昇華されている。

数ある名場面の中でも文化祭のダンスシーンは白眉《はくび》である。まさかの成り行きで姫役の壬生と踊ることになった王子役の「ぼく」。身体的に距離がグッと縮まる描写もさることながら、抑えきれない感情の揺らめきがリアルに伝わって引き込まれる。孤独に立ち向かう壬生の隠されていた魅力が弾《はじ》け飛び、高揚感が疾走し視線は舞台上のスポットライトに釘付《くぎづ》けとなる。手を取り合いクルリと回転するダンス。有村から壬生へとレディが入れ替わる。身も心もだけじゃない。嘲笑《ちょうしょう》から賞賛へ。朧《おぼろ》げな闇《やみ》から眩《まばゆ》い光へ。この瞬間に物語自体も音を立てて反転する。

心に刻まれるフレーズも随所にちりばめられている。「大人は常識にとらわれていて、み、見えるものも見えないときがある」「人生は攻撃よりも守るほうがずっと困難で、しかも大切だ」「『今やるべきことをやる』――これができる人間は成功を収める。」「人はみな勇気の種を持っている。それを大きな木に育てるのは、その人自身だ。」並べて見れば人生の真理が浮かび上がる。噛《か》みしめるほど血肉となる言葉たち。これもまた物語の魅力だ。

ラストの余韻も素晴らしい。夏の思い出の最後には躍動感に満ちたダイナミックな展開が待ち構えているが、じっくりと味わってもらいたいのが少年たちのその後を語るエピローグだ。夢から現実に引き戻されるような印象もあるが、ここで総括された半生はままならない運命が凝縮されていて興味深い。詳細はもちろん読んでのお楽しみだが、オチの切れ味はまるでウッディ・アレンの映画のように洒落《しゃれ》ていて、思い出しただけでニヤリとしてしまう。まったく百田文学は最初の一文からラスト一行まで油断できないのだ。

一筋縄ではいかない人生を生き延びるための勇気を手に入れたのは登場人物たちだけではない。12歳の確かな矜持《きょうじ》は読み終えた僕らにも生きる活力を与えてくれる。少年時代の「闘い」がその後の運命を変えるのだ。著者の原点であり到達点ともいえる

『夏の騎士』はライフラインとしての物語の力を存分に示してくれる一冊である。

ここで作家・百田尚樹について触れよう。２０００年以降の日本文芸はこの作家抜きには語れない。著作の累計発行部数が２０００万部突破（２０１９年現在）という話題はほんの通過点に過ぎず、文壇の中心で輝き続けている作家である。

小説家としてのデビュー作が２００６年の『永遠の０』だ。当時都内書店に勤務し、本屋大賞の設立から関わっていた僕の耳にも「今すぐ読んでおくべき凄《すご》い作家が現れた。」という評判が舞いこんできた。関西圏では著名である50歳の新人作家。まだ知名度は全国区ではない。しかし読んで言葉を失うほど驚いた。面白さは噂《うわさ》ではなく本物だった。

圧巻のリーダビリティはこの著者の真骨頂といえるが、それはこの著者が放送作家として長く第一線で活躍しているからと聞いて腑《ふ》に落ちる。テレビの世界は退屈ならば即座にチャンネルを変えられてしまう。小説だって同じだ。ページを捲《めく》らせるにはどうしたら良いのか。『永遠の０』はその模範回答であり、物語とは何かを知り尽くした作家が百田尚樹なのである。

デビュー作が凄ければ必然、その後の作品にも期待が高まる。『永遠の０』は戦争ものだったが２００８年『ボックス！』はボクシング小説。まさに拳《こぶし》で撃ち抜かれたような力作だ。この作品は第30回吉川英治文学新人賞の候補となり第6回本屋大賞5位にも選出され、人気と実力を兼ね備える作家としての評価を確立する。この作家の凄みは一作一作の雄弁さだけではなくテーマがバラエティーに富んでいることである。「同じテーマ、同じジャンルの本は二度と書かない」という著者の発言通り、その引き出しの多さと深さは右に出る作家はいないだろう。『聖夜の贈り物』（文庫は『輝く夜』）、『風の中のマリア』、『モンスター』、『リング』（文庫は『「黄金のバンタム」を破った男』）、『影法師』『幸福な生活』と多彩な切り口の話題作を連発。特に第8回本屋大賞4位『錨《いかり》を上げよ』、第9回本屋大賞10位『プリズム』によって百田文学は一層書店にとってなくてはならない存在となった。

そして最もメディア露出したのが本屋大賞受賞作『海賊とよばれた男』だ。第10回という節目の年に受賞した強運はやはり何かを持って生まれた男なのだろう。実在の人物・出光佐三をモデルとした骨太のこの物語も書店員だけでなく日本中の読者を魅了した。個人的な話で恐縮だがプレゼンターとして壇上でトロフィーを手渡したことや、発表会後の二次会で百田氏のテーブルマジックで盛り上がったことなど忘れられない思い出である。百田氏はメディアに対する発言のイメージが強く、近寄りがたい印象だったのだが一度お会いしてすぐに正反対のお人柄とわかった。根っからの関西人で茶目っ気たっぷり。常に周囲を楽しませなければ気が済まない。その場の空気を瞬時に明るく変化させるのだ。持ち前の愛嬌《あいきょう》を振りまいて書店員や店頭を大切にし、都心だけでなく地方の書店にも足を運んで自ら売り込みをかけるパワーは本当に頭がさがる。これほどサービス精神が旺盛《おうせい》な作家は稀《まれ》であろう。人を面白がらせることにかけては天才的。まさに存在そのものがエンターテイメントだ。

本屋大賞を受賞し誰もが認める国民的な人気作家となった後も『夢を売る男』『フォルトゥナの瞳《ひとみ》』『カエルの楽園』『幻庵《げんなん》』『野良犬の値段』と立て続けに話題作を世に送り続けている。キャリアを重ねるほど作品に込めたメッセージはより強く、その密度は濃くなる一方だ。

百田尚樹の小説をもっと読みたい、と切望する読者はこの世に数多《あまた》いる。決して読者の期待を裏切らない著者が、今度はいったいどんなカードで楽しませてくれるのか楽しみで仕方ない。当代随一のストーリーテラーの新作を心の底から待ち望もう。

（二〇二一年六月、ブックジャーナリスト）

この作品は二〇一九年七月新潮社から刊行された。

夏《なつ》の騎《き》士《し》

新潮文庫　　ひ - 39 - 4

令和三年八月一日発行

著者　百《ひゃく》田《た》尚《なお》樹《き》

発行者　佐藤隆信

発行所　株式会社新潮社

郵便番号　一六二―八七一一
東京都新宿区矢来町七一
電話　編集部(〇三)三二六六―五四四〇
読者係(〇三)三二六六―五一一一
https://www.shinchosha.co.jp

価格はカバーに表示してあります。

乱丁・落丁本は、ご面倒ですが小社読者係宛ご送付ください。送料小社負担にてお取替えいたします。

印刷・錦明印刷株式会社　製本・錦明印刷株式会社

ISBN978-4-10-120194-8 C0193